四部要籍選刊·集部

文選

六

浙江大學出版社

本册目録（六）

卷二十九

詩己

雜詩上

古詩一十九首……一六三二
李少卿與蘇武三首……一六四六
蘇子卿詩四首……一六四八
張平子四愁詩四首并序……一六五一
王仲宣雜詩一首……一六五五
劉公幹雜詩一首……一六五五
魏文帝雜詩二首……一六五六
曹子建朔風詩一首……一六五七
雜詩六首……一六五九
情詩一首……一六六三
嵇叔夜雜詩一首……一六六三
傅休奕雜詩一首……一六六四
張茂先雜詩一首……一六六五
情詩二首……一六六六
陸士衡園葵詩一首……一六六七
曹顏遠思友人詩一首……一六六八
感舊詩一首……一六七〇
何敬祖雜詩一首……一六七一
王正長雜詩一首……一六七二
棗道彦雜詩一首……一六七三

左太沖雜詩一首……一六七五
張季鷹雜詩一首……一六七六
張景陽雜詩十首……一六七七

卷三十

雜詩下

盧子諒時興一首……一六九四
陶淵明雜詩二首……一六九五
詠貧士詩一首……一六九七
讀山海經詩一首……一六九七
謝惠連七月七日夜詠牛女一首……一六九八
擣衣一首……一七〇〇
謝靈運南樓中望所遲客一首……一七〇一
田南樹園激流植援一首……一七〇三
齋中讀書一首……一七〇四
石門新營所住四面高山迴溪石瀨脩竹茂林詩一首……一七〇五
王景玄雜詩一首……一七〇七
鮑明遠數詩一首……一七〇八
翫月城西門解中一首……一七一〇
謝玄暉始出尚書省一首……一七一二
直中書省一首……一七一五
觀朝雨一首……一七一六
郡内登望一首……一七一八
和伏武昌登孫權故城一首……一七一九
和王著作八公山一首……一七二二
和徐都曹一首……一七二五

和王主簿怨情一首……一七二六
沈休文和謝宣城一首……一七二七
應王中丞思遠詠月一首……一七二九
冬節後至丞相第詣世子車中
一首……一七三〇
學省愁卧一首……一七三二
詠湖中鴈一首……一七三三
三月三日率爾成篇一首……一七三三

詩庚

雜擬上

陸士衡擬古詩十二首
擬行行重行行……一七三五
擬今日良宴會……一七三六
擬迢迢牽牛星……一七三七
擬涉江采芙蓉……一七三八
擬青青河畔草……一七三八
擬明月何皎皎……一七三八
擬蘭若生朝陽……一七三九
擬青青陵上柏……一七三九
擬東城一何高……一七四〇
擬西北有高樓……一七四一
擬庭中有奇樹……一七四二
擬明月皎夜光……一七四二
張孟陽擬四愁詩一首……一七四三
陶淵明擬古詩一首……一七四三
謝靈運擬魏太子鄴中集詩八首并序

魏太子……一七四五
王粲……一七四六
陳琳……一七四七
徐幹……一七四九
劉楨……一七五〇
應瑒……一七五一
阮瑀……一七五三
平原侯植……一七五四

卷三十一

雜擬下

袁陽源効曹子建樂府白馬篇一首……一七五八
効古一首……一七六〇
劉休玄擬古二首
擬行行重行行……一七六一
擬明月何皎皎……一七六二
王僧達和琅邪王依古一首……一七六三
鮑明遠擬古三首……一七六四
學劉公幹體一首……一七六八
代君子有所思一首……一七六八
范彥龍効古一首……一七七〇
江文通雜體詩三十首
古離別……一七七一
李都尉從軍……一七七二
班婕妤詠扇……一七七三
魏文帝遊宴……一七七四
陳思王贈友……一七七五

劉文學感遇……一七七六
王侍中懷德……一七七七
嵇中散言志……一七七九
阮步兵詠懷……一七八一
張司空離情……一七八二
潘黄門悼亡……一七八三
陸平原羇宦……一七八五
左記室詠史……一七八七
張黄門苦雨……一七八八
劉太尉傷亂……一七八九
盧中郎感交……一七九一
郭弘農遊仙……一七九三
張廷尉雜述……一七九四
許徵君自序……一七九七
殷東陽興矚……一七九九
謝僕射遊覽……一八〇〇
陶徵君田居……一八〇一
謝臨川遊山……一八〇二
顔特進侍宴……一八〇四
謝法曹贈别……一八〇七
王徵君養疾……一八〇九
袁太尉從駕……一八一〇
謝光禄郊遊……一八一二
鮑參軍戎行……一八一三
休上人别怨……一八一五

卷三十二

騷上

屈平離騷經一首……一八一七
九歌四首
東皇太一……一八五二
雲中君……一八五三
湘君……一八五五
湘夫人……一八五九

卷三十三

騷下

屈平九歌二首
少司命……一八六三
山鬼……一八六五
九章一首
涉江……一八六八
卜居一首……一八七二
漁父一首……一八七五
宋玉九辯五首……一八七七
招魂一首……一八八五
劉安招隱士一首……一九〇二

卷三十四

七上

枚叔七發八首……一九〇七
曹子建七啓八首并序……一九三二

文選卷第二十九

梁昭明太子撰

文林郎守太子右內率府錄事參軍事崇賢館直學士臣李善注上

雜詩上

古詩十九首　李少卿詩三首
蘇子卿詩四首　張平子四愁詩四首
王仲宣雜詩一首　劉公幹雜詩一首
魏文帝雜詩二首　曹子建朔風詩一首
雜詩六首　情詩一首
嵇叔夜雜詩一首　傅休奕雜詩一首

張茂先雜詩一首　情詩二首
陸士衡園葵詩一首　曹顏遠思友人詩一首
感舊詩一首　何敬祖雜詩一首
王正長雜詩一首　棗道彥雜詩一首
左太沖雜詩一首　張季鷹雜詩一首
張景陽雜詩十首

古詩一十九首（五言並云古詩蓋不知作者或云枚乘疑不能明也詩云驅馬上東門又云遊戲宛與洛此則辭兼東都非盡是乘明矣昭明以失其姓氏故編在李陵之上）

行行重行行與君生别離（楚辭曰悲莫悲兮生别離）相去萬餘里各

在天一涯廣雅曰涯方也道路阻且長會面安可知毛詩曰遡洄從之道阻且長薛綜西京賦注曰安焉也胡馬依北風越鳥巢南枝韓詩外傳曰詩曰代馬依北風飛鳥棲故巢皆不忘本之謂也相去日已遠衣帶日已緩古樂府歌曰離家日趍遠衣帶日趍緩浮雲蔽白日遊子不顧反浮雲之蔽白日以喻邪佞之毀忠良故遊子之行不顧反也文子曰日月欲明浮雲蓋之陸賈新語曰邪臣之蔽賢猶浮雲之鄣日月古楊柳行曰讒邪害公正浮雲蔽白日義與此同也鄭玄毛詩箋曰顧念也思君令人老歲月忽已晚棄捐勿復道努力加餐飯

青青河畔草鬱鬱園中柳鬱鬱茂盛也盈盈樓上女皎皎當牕牖草生河畔柳茂園中以喻美人當牕牖也廣雅曰嬴容也盈與嬴同古字通娥娥紅粉粧纖纖出素手方言曰秦晉之閒美貌謂之娥韓詩曰纖纖女手可以縫裳薛君曰纖纖女手

之貌毛萇曰摻摻猶纖纖也昔爲倡家女今爲蕩子婦史記曰趙王遷母倡也說
文曰倡樂也謂作妓者也蕩子行不歸空牀難獨守列子曰有人去鄉土遊於四方
而不歸者世謂之爲狂蕩之人也
青青陵上栢磊磊磵中石言長存也莊子仲尼曰受命於地唯松柏獨也在冬夏常
青青楚詞曰石磊磊兮葛蔓蔓字林曰磊磊衆石也人生天地間忽如遠行客言異
松石也尸子老萊子曰人生於天地之間寄也寄者固歸列子曰死人爲歸人則生人爲行人矣韓詩外傳曰枯
魚銜索幾何不蠹二親之壽忽如過客斗酒相娛樂聊厚不爲薄鄭玄毛詩箋曰
聊粗略之辭也驅車策駑馬遊戲宛與洛廣雅曰駑駘也謂馬遲鈍者也漢書南陽
郡有宛縣洛東都也洛中何鬱鬱冠帶自相索春秋說題辭曰齊俗冠帶以禮相提
賈逵國語注曰索求也長衢羅夾巷王侯多第宅魏王奏事曰出不由里門面大

道者名曰第兩宮遥相望雙闕百餘尺蔡質漢官典職曰南宮北宮相去七里
極宴娛心意戚戚何所迫楚辭曰居戚戚而不可解
今日良宴會歡樂難具陳毛萇詩傳曰良善也陳猶説也彈箏奮逸
響新聲妙入神劉向雅琴賦曰窮音之至入於神令德唱高言識曲聽
其真左氏傳宋昭公曰光昭先君之令德莊子曰是以高言不止於衆人之口廣雅曰高上也謂辭之美
者真猶正也齊心同所願含意俱未申所願謂富貴也人生寄一世
奄忽若飇塵人生若寄已見上注方言曰奄遽也爾雅曰飄颻謂之猋爾雅或爲此飇何不
策高足先據要路津高上也亦謂逸足也無爲守窮賤轗軻長苦
辛楚辭曰年既過太半然輡軻不遇也轗與輡同苦闇切軻苦賀切
西北有高樓上與浮雲齊此篇明高才之人仕宦未達知人者稀也西北乾位君之

居也交疏結綺牕阿閣三重階薛綜西京賦注曰疏刻穿之也說文曰綺文繒也此刻鏤以象之尚書中候曰昔黃帝軒轅鳳皇巢阿閣周書曰明堂咸有四阿然則閣有四阿謂之阿閣鄭玄周礼注曰四阿若今四注者也薛綜西京賦注曰殿前三階也上有絃歌聲音響一何悲論語曰子游爲武城宰聞絃歌之聲說苑應侯曰今日之琴一何悲也誰能爲此曲無乃杞梁妻琴操曰杞梁妻嘆者齊邑杞梁殖之妻所作也殖死妻嘆曰上則無父中則無夫下則無子將何以立吾節亦死而已援琴而鼓之曲終遂自投淄水而死清商隨風發中曲正徘徊宋玉長笛賦曰吟清商追流徵一彈再三歎慷慨有餘哀說文曰歎太息也又曰慷慨壯士不得志於心也不惜歌者苦但傷知音稀賈逵國語注曰惜痛也孔安國論語注曰稀少也願爲雙鳴鶴奮翅起高飛楚辭曰將奮翼兮高飛廣雅曰高遠也

涉江采芙蓉蘭澤多芳草采之欲遺誰所思在遠道楚辭曰折芳馨兮遺所思還顧望舊鄉長路漫浩浩鄭玄毛詩箋曰回首曰顧同心而離居憂傷以終老周易曰二人同心楚辭曰將以遺兮離居毛詩曰假寐永歎維憂用老

明月皎夜光促織鳴東壁春秋考異郵曰立秋趣織鳴宋均曰趣織蟋蟀也立秋女功急故趣之禮記曰季夏蟋蟀在壁玉衡指孟冬衆星何歷歷春秋運斗樞曰北斗七星第五曰玉衡淮南子曰孟秋之月招摇指申然上云促織下云秋蟬明是漢之孟冬非夏之孟冬矣漢書曰高祖十月至霸上故以十月爲歲首漢之孟冬今之七月矣白露沾野草時節忽復易禮記曰孟秋之月白露降列子曰寒暑易節秋蟬鳴樹間玄鳥逝安適禮記曰孟秋寒蟬鳴又曰仲秋之月玄鳥歸鄭玄曰玄鳥鷰也謂去蟄也呂氏春秋曰國危甚矣若將安適高誘曰適之也復云秋蟬玄鳥者此明實候故以夏正言之昔我同門友高舉振六翮論語

曰有朋自遠方來不亦樂乎鄭玄曰同門曰朋韓詩外傳蓋桑曰夫鴻鵠一舉千里所恃者六翮耳

不念攜手好棄我如遺跡毛詩曰惠而好我攜手同車國語楚鬪且語其弟曰靈王不顧於民一國棄之如遺跡焉

南箕北有斗牽牛不負軛言有名而無實也毛詩曰維南有箕不可以簸揚維北有斗不可以挹酒漿睆彼牽牛不以服箱

良無盤石固虛名復何益良信也聲類曰盤大石也

冉冉孤生竹結根泰山阿竹結根於山阿喻婦人託身於君子也風賦曰緣太山之阿

與君爲新婚兔絲附女蘿毛萇詩傳曰女蘿松也毛詩草木疏曰今松蘿蔓松而生而枝正青兔絲草蔓聯草上黃赤如金與松蘿殊異此古今方俗名草不同然是異草故曰附也

兔絲生有時夫婦會有宜蒼頡篇曰宜得其所也

千里遠結婚悠悠隔山陂說文曰陂阪也

思君令人老軒車來何遲傷彼蕙蘭花

含英揚光輝，過時而不采，將隨秋草萎。楚辭曰：秋草榮其將實，微霜下而夜殞。君亮執高節，賤妾亦何爲。爾雅曰：亮，信也。

庭中有奇樹，綠葉發華滋。蔡質漢官典職曰：宮中種嘉木奇樹。攀條折其榮，將以遺所思。遺所思，已見上文。馨香盈懷袖，路遠莫致之。王逸楚辭注曰：在衣曰懷。毛詩曰：豈不爾思，遠莫致之。說文曰：致，送詣也。此物何足貢，但感別經時。賈逵國語注曰：貢，獻也。物或爲榮，貢或作貴。

迢迢牽牛星，皎皎河漢女。牽牛已見上文。毛詩曰：維天有漢，監亦有光。跂彼織女，終日七襄。雖則七襄，不成報章。毛萇曰：河漢，天河也。纖纖擢素手，札札弄機杼。纖纖已見上文。終日不成章，泣涕零如雨。不成章已見上句注。毛詩曰：瞻望弗及，泣涕如雨。河漢清且淺，相去復幾許。盈盈一水間，脈脈不得語。

爾雅曰脉相視也郭璞曰脉脉謂相視貌也

迴車駕言邁悠悠涉長道毛詩曰駕言出遊又曰悠悠南行順彼長道四顧何茫茫東風摇百草莊子曰方將四顧王逸楚辭注曰茫茫草木彌遠容貌盛也所遇無故物焉得不速老盛衰各有時立身苦不早人生非金石豈能長壽考韓子曰雖與金石相獘蕉天下未有日也奄忽隨物化榮名以爲寶化謂變化而死也不忍斥言其死故言隨物而化也莊子曰聖人之生也天行其死也物化

東城高且長逶迤自相屬城高且長故登之以望也王逸楚辭注曰逶迤長貌也迴風動地起秋草萋已緑四時更變化歲暮一何速周易曰四時變化而能久成毛詩曰歲聿云暮尸子曰人生也亦少矣而歲往之亦速矣晨風懷苦心

蟋蟀傷局促毛詩曰鴥彼晨風鬱彼北林未見君子憂心欽欽蒼頡篇曰懷抱也毛詩序曰蟋蟀刺晉僖公儉不中禮漢書景帝曰局促效轅下駒蕩滌放情志何爲自結束燕趙多佳人美者顏如玉燕趙二國名也楚辭曰聞佳人兮召予神女賦曰苞溫潤之玉顏被服羅裳衣當戶理清曲如淳漢書注曰今樂家五日一習樂爲理樂也音響一何悲絃急知柱促馳情整中帶沈吟聊躑躅中帶中衣帶整帶將欲從之毛萇詩傳曰丹朱中衣說文躑躅住足也躑躅與蹢躅同思爲雙飛鷰銜泥巢君屋

驅車上東門遙望郭北墓上東門已見阮籍詠懷詩應劭風俗通曰葬於郭北北首求諸幽之道也白楊何蕭蕭松柏夾廣路白虎通曰庶人無墳樹以楊柳楚辭曰風颸颸兮木蕭蕭仲長子昌言曰古之葬者松柏梧桐以識其墳也下有陳死人杳杳即

長暮莊子曰人而無人道是之謂陳人也郭象曰陳久也楚辭曰去白日之昭昭襲長夜之悠悠潛
寐黃泉下千載永不寤服虔左氏傳注曰天玄地黃泉在地中故言黃泉浩浩陰
陽移年命如朝露神農本草曰春夏爲陽秋冬爲陰莊子曰陰陽四時運行漢書李陵謂蘇
武曰人生如朝露人生忽如寄壽無金石固如寄已見上文萬歲更相
送聖賢莫能度服食求神仙多爲藥所誤不如飲美酒
被服紈與素范子曰白紈素出齊
去者日以踈生者日以親呂氏春秋曰死者弥久生者弥踈出郭門直
視但見丘與墳白虎通曰葬於城郭外何死生異別終始異居古墓犂爲田
松栢摧爲薪白楊多悲風蕭蕭愁殺人楚辭曰哀江介之悲風又曰秋
風兮蕭蕭思還故里閭欲歸道無因

生年不滿百，常懷千歲憂。孫卿子曰：人生無百歲之壽，而有千歲之信士，何也？曰：以夫千歲之法自持者，是乃千歲之信士矣。晝短苦夜長，何不秉燭遊。爲樂當及時，何能待來茲。呂氏春秋曰：今茲美禾，來茲美麥。高誘曰：茲，年。愚者愛惜費，但爲後世嗤。說文曰：嗤，笑也。仙人王子喬，難可與等期。列仙傳曰：王子喬者，太子晉也。道人浮丘公接以上嵩高山。

凜凜歲云暮，螻蛄夕鳴悲。說文曰：凜，寒也。歲暮已見上注。方言曰：南楚或謂螻蛄爲螻。廣雅曰：螻，螻蛄也。螻，力侯切。蛄，鼓胡切。涼風率已厲，遊子寒無衣。禮記曰：孟秋之月，涼風至。杜預左氏傳注曰：厲，猛也。毛詩曰：無衣無褐，何以卒歲。錦衾遺洛浦，同袍與我違。毛詩曰：角枕粲兮，錦衾爛兮。又曰：豈曰無衣，與子同袍。獨宿累長夜，夢想見容輝。良人惟古懽，枉駕惠前綏。良人念昔之懽愛，故枉駕而迎己，惠以前綏，欲令升車也故下云攜手同車孟子曰齊人一妻一妾而處室者其良人出必厭酒肉劉熙曰婦人稱夫曰良人禮記曰壻出御婦車而壻授綏御輪三周願得常巧笑攜手同車歸毛詩曰巧笑倩兮攜手同歸見上注既來不須臾又不處重闈楚辭曰何須臾而忘反晨風翼焉能凌風飛爾雅曰晨風鸇也莊子曰鸇凌風而起眄睞以適意引領遥相睎徙倚懷感傷垂涕沾雙扉

孟冬寒氣至北風何慘慄毛詩曰二之日栗冽毛萇曰栗冽寒氣也愁多知夜長仰觀衆星列三五明月滿四五詹兎缺禮記曰地秉陰竅於山川播五行於四時和而后月生也是以三五而盈三五而闕春秋元命苞曰月之爲言闕也兩說以詹諸與兎然詹與占同右字通客從遠方來遺我一書札說文曰札牒也上言長相思下言久離別置書懷袖中三歲字不滅韓詩外傳曰趙簡子

少子名無恤簡子自爲書牘使誦之居三年簡子坐青臺之上問書所在無恤出其書於左袂令誦習焉

一心抱區區懼君不識察李陵與蘇武書曰區區之心竊慕此爾廣雅曰區區愛也

客從遠方來遺我一端綺綺已見上文相去萬餘里故人心尚爾鄭玄毛詩箋曰尚猶也字書曰爾詞之終耳文綵雙鴛鴦裁爲合懽被

著以長相思緣以結不解鄭玄儀禮注曰著謂充之以絮也著張慮切鄭玄禮記注曰緣飾邊也緣以絹反以膠投漆中誰能別離此韓詩外傳子夏曰實之與實如膠與漆君子不可不留意也

明月何皎皎照我羅床幃毛詩曰月出皎兮憂愁不能寐攬衣起徘徊毛詩曰耿耿不寐客行雖云樂不如早旋歸毛詩曰言旋言歸

出户獨彷徨愁思當告誰毛詩序曰彷徨不忍去引領還入房淚

下沾裳衣引領已見上文

與蘇武三首五言　李少卿漢書曰李陵字少卿少時爲侍中建章監善射愛人降匈奴爲右校王病死

良時不再至離别在須臾論語摘輔像讖曰時不再及宋均曰及亦至也須臾已見上文屏營衢路側執手野踟蹰國語申胥曰昔楚靈王獨行屏營毛詩曰執子之手又曰搔首踟蹰仰視浮雲馳奄忽互相踰風波一失所各在天一隅言浮雲之馳奄忽相踰飄飖不定逮乎因風波蕩各在天之一隅以喻人之客遊飛薄亦爾長當從此别且復立斯須禮記君子曰禮樂不可斯須去身鄭玄曰斯須猶須臾也欲因晨風發送子以賤軀晨風早風言欲因風發而已乘之以送子也楚辭曰乘回風兮遠遊

嘉會難再遇，三載爲千秋。琴操曰：鄒虞者，邵國之女所作也。古者役不踰時，不失嘉會。臨河濯長纓，念子悵悠悠。夫冠纓，仕子之所服。濯之，以遠遊。今因遠遊而感逝川，故增別念也。遠望悲風至，對酒不能酬。行人懷往路，何以慰我愁。毛萇詩傳曰：懷，思也。獨有盈觴酒，與子結綢繆。毛詩曰：綢繆束薪。毛萇曰：綢繆，纏綿之貌也。

攜手上河梁，遊子暮何之。楚辭曰：浮雲兮容與，導予兮何之也。徘徊蹊路側，悢悢不得辭。廣雅曰：悢悢，恨也。行人難久留，各言長相思。安知非日月，弦望自有時。劉熙釋名曰：弦，月半之名也。其形一旁曲，一旁直，若張弓弛弦也。望，月滿之名也。月大十六日，月小十五日，日在東，月在西，遙相望也。努力崇明德，皓首以爲期。周易曰：利用安身，以崇德也。毛萇詩傳曰：崇，終也。尚書曰：先王既勤用明德。聲類曰：顥，白首貌。

文二十九　乙　馬

也皓與顥古字通

詩四首 五言

蘇子卿 漢書曰蘇武字子卿爲移中監使匈奴十九年歸拜爲典屬國病卒

骨肉緣枝葉結交亦相因 骨肉謂兄弟也漢書帝謂燕王旦曰今王骨肉至親古詩曰結交莫羞貧 四海皆兄弟誰爲行路人 論語子夏謂司馬牛曰四海之內皆爲兄弟君子何患乎無兄弟家語曰子游見行路之人云魯司鐸火也 況我連枝樹與子同一身昔爲鴛與鴦今爲參與辰 毛詩曰鴛鴦于飛畢之羅之鄭玄曰言其止則相偶飛則爲雙尚書大傳曰書之論事離離若參辰之錯行法言曰吾不睹參辰之相比也宋衷曰辰龍星也參虎星也我不見龍虎俱見 昔者常相近邈若胡與秦 淮南子曰肝膽胡越許慎曰胡在北方越居南方然胡秦之義猶胡越也 惟念當離別恩情日以新鹿鳴

思野草可以喻嘉賓毛詩曰呦呦鹿鳴食野之苹我有嘉賓鼓瑟吹笙我有一
罇酒欲以贈遠人願子留斟酌敘此平生親
黃鵠一遠別千里顧徘徊韓詩外傳曰田饒謂魯哀公曰夫黃鵠一舉千里胡
馬失其羣思心常依依胡馬已見上文依依思戀之貌也何況雙飛龍
羽翼臨當乖雙龍喻己及朋友也幸有絃歌曲可以喻中懷請為
遊子吟泠泠一何悲琴操曰楚引者楚游子龍丘高出游三年思歸故鄉望楚而長歎故
曰楚引蒼頡篇曰吟嘆也絲竹厲清聲慷慨有餘哀禮記曰絲竹樂之器也王逸楚
辭注曰厲烈也謂清烈也古詩曰慷慨有餘哀長歌正激烈中心愴以摧欲展
清商曲念子不能歸清商已見上文俛仰内傷心淚下不可揮
爾雅曰揮竭也郭璞曰揮振去水亦為竭莊子曰俛
仰之間家語曰公文伯卒敬姜曰二三子無揮涕也願

爲雙黄鵠送子俱遠飛

結髮爲夫妻恩愛兩不疑結髮始成人也謂男年二十女年十五時取笄冠爲義也漢書李廣曰結髮而與匈奴戰也歡娛在今夕嬿婉及良時孟子曰霸者之人歡娛如也毛詩曰今夕何夕又曰嬿婉之求征夫懷往路起視夜何其毛詩曰駪駪征夫又曰夜如何其夜未央毛萇曰其辭也參辰皆已没去去從此辭參辰已没言將曉也行役在戰場相見未有期毛詩曰嗟余子行役戰國策曰綴甲厲兵効勝於戰場握手一長歎淚爲生別滋史記繆賢曰燕王私握臣手生別已見上文努力愛春華莫忘歡樂時春華喻少時也生當復來歸死當長相思

燭燭晨明月馥馥我蘭芳蒼頡篇曰燭照也韓詩曰馥芬孝祀薛君曰馥香貌也

芬馨良夜發，隨風聞我堂。秋月既明，秋蘭又馥，遊子感時，彌增戀本也。征夫懷遠路，遊子戀故鄉。漢書高祖曰：遊子悲故鄉。寒冬十二月，晨起踐嚴霜。漢書，武帝太初元年改從夏正，此或改正之後也。楚辭曰：冬又申之以嚴霜。俯觀江漢流，仰視浮雲翔。良友遠離別，各在天一方。江漢流不息，浮雲去靡依，以喻良友各在一方，播遷而無所托。楚辭曰：仰浮雲而永歎。山海隔中州，相去悠且長。楚辭曰：蹇誰留兮中州。嘉會難兩遇，懽樂殊未央。嘉會已見上文。願君崇令德，隨時愛景光。令德已見上文。景光，即光景也。楚辭曰：借光景以往來。

四愁詩四首　并序

張平子

張衡不樂久處機密，陽嘉中，出爲河間相。時國王驕奢，不遵法度。范曄後漢書順帝紀曰：改元嘉七年爲陽嘉元年，改陽嘉五年爲永和元年。又曰：順帝初衡復爲太史令陽嘉元年造候風地動儀永和初出爲河閒相而此云陽嘉中誤也范曄後漢書曰和帝申貴人生河閒孝王開立四十二年順帝永建六年薨子惠王政嗣傲很不奉法憲然考其年月此是惠王也

又多豪右并兼之家漢書曰魏郡豪右李竟文類曰有權勢豪右大家也漢書曰禁兼并之塗李奇曰謂大家役小民富者兼役貧民也衡下車治威嚴能內察屬縣漢書曰班伯爲定襄太守其下車作威吏民竦息姦滑行巧劫皆密知名下吏收捕盡服擒諸豪俠游客悉惶懼逃出境郡中大治爭訟息獄無繫囚時天下漸弊鬱鬱不得志楚辭曰心鬱鬱之憂思獨永歎而增傷鄭玄考工記注曰鬱鬱不舒散也爲四愁詩屈原以美人爲君子以珍寶爲仁義以水深雪雰爲小人思以道術相報貽於時君而懼讒邪不得以通其辭曰

一思曰我所思兮在太山欲往從之梁父艱言王者有德功成則
東封泰山故思之太山以喻時君梁父以喻小人也漢
書曰有太山郡又武帝登封太山之梁父音義曰梁父
太山下小山也側身東望涕霑翰楚辭曰願側身而無所韋昭漢書注曰翰筆也美人
贈我金錯刀何以報之英瓊瑤漢書曰王莽鑄大錢又造錯刀以金錯其文續
漢書曰佩刀諸侯王黃金錯鐶謝承後漢書曰詔賜應
奉金錯把刀毛詩曰投我以木桃報之以瓊瑤又曰尚
之以瓊英乎而路遠莫致倚逍遙何爲懷憂心煩勞古詩曰路遠莫致之
二思曰我所思兮在桂林欲往從之湘水深漢書曰鬱林郡故秦
桂林郡海南經曰桂林八樹在番禺東又曰
湘水出零陵舜死蒼梧葬九疑故思明君側身南望涕
沾襟楚辭曰泣歔欷而沾襟美人贈我金琅玕何以報之雙玉盤
尚書禹貢曰厥貢惟球琳琅玕古詩曰委身玉盤
中歷年歲見食應劭漢官儀曰封禪壇有白玉盤路遠

莫致倚惆悵何爲懷憂心煩傷楚辭曰惆悵兮而私自憐

三思曰我所思兮在漢陽欲往從之隴阪長漢書曰天水郡明帝改曰漢陽應劭曰天水有大坂名曰隴阪秦州記曰隴坂九曲不知高幾里側身西望涕沾裳古長歌行曰泣涕忽沾裳美人贈我貂襜褕何以報之明月珠蔡雍獨斷曰侍中中常侍加貂蟬說文曰直裾謂之襜褕淮南子曰隨侯之珠高誘曰明月珠也路遠莫致倚踟躕何爲懷憂心煩紆楚辭曰志紆鬱其難釋王逸曰紆屈也

四思曰我所思兮在鴈門欲往從之雪紛紛漢書有鴈門郡楚辭曰雪紛紛而薄木側身北望涕沾巾說文曰佩巾也美人贈我錦繡段何以報之青玉案錦繡有五采成文章玉案君所憑倚喻大臣亦爲天子所恃禮記曰春服青玉楚漢春秋淮陰侯曰臣去項歸漢漢王賜臣玉案之食路遠莫致倚增歎何爲

懷憂忍煩惋楚辭曰吒增歎兮如雷

雜詩一首五言雜者不拘流例遇物即言故云雜也　王仲宣

日暮遊西園，冀寫憂思情。曲池揚素波，列樹敷丹榮。楚辭曰坐堂伏檻臨曲池列女傳津吏女歌曰水揚波兮杳冥冥上有特棲鳥，懷春向我鳴。毛詩曰有女懷春褰袵欲從之，路嶮不得征。說文曰袵衣衿也衿音今徘徊不能去，佇立望爾形。毛詩曰瞻望弗及佇立以泣風飈揚塵起，白日忽已冥。鄭玄毛詩箋曰冥夜也迴身入空房，託夢通精誠。幽通賦曰精誠發於宵寐人欲天不違，何懼不合并。尚書王曰人之所欲天必從之

雜詩一首五言　劉公幹

職事相填委，文墨紛消散。漢書功臣皆曰蕭何徒恃文墨顧居臣上馳翰未

暇食日昃不知晏翰墨已見上尚書曰自朝至于日昃不遑暇食沈迷簿領書回回自昏亂簿領謂文簿而記録之史記曰問上林尉諸禽獸簿司馬彪莊子注曰領録也楚辭曰腸回回兮盤紆釋此出西城登高且遊觀方塘含白水中有鳧與鴈楚辭曰乘白水而高鶩毛詩曰弋鳧與鴈安得肅肅羽從爾浮波瀾毛詩曰鴻鴈于飛肅肅其羽

雜詩二首五言集云枹中作下篇云於黎陽作　魏文帝

漫漫秋夜長烈烈北風涼楚辭曰終長夜之曼曼毛詩曰冬日烈烈又曰北風其涼展轉不能寐披衣起彷徨毛詩曰展轉不寐彷徨已見上文彷徨忽已久白露沾我裳白露已見上文說苑曰孺子不覺露之沾裳俯視清水波仰看明月光天漢迴西流三五正從横河圖括地象曰河精上爲天漢毛詩

曰嘒彼小星三五在東毛萇曰三心五噣四時更見也草蟲鳴何悲孤鴈獨南翔毛詩曰喓喓草蟲趯趯阜螽毛萇曰草蟲常羊也楚辭曰鴈雍雍而南遊鬱鬱多悲思緜緜思故鄉古詩曰緜緜思遠道願飛安得翼欲濟河無梁葛龔與梁相張府君牋曰悠悠憂想願飛無翼楚辭曰江河廣而無梁向風長歎息斷絕我中腸楚辭曰向長風而舒情

西北有浮雲亭亭如車蓋亭亭迴遠無依之貌也易通卦驗曰太陽雲出張如車蓋惜哉時不遇適與飄風會何休公羊傳注曰適遇也吹我東南行南行至吳會當時實至廣陵未至吳會今言至者據巳入其地也吳會非我鄉安能久留滯楚辭曰然輡軻而留滯棄置勿復陳客子常畏人

朔風詩一首　四言　曹子建

仰彼朔風用懷魏都願騁代馬倏忽北徂代馬已見上文凱風
永至思彼蠻方毛萇詩傳曰南風謂之凱風禮記曰南方曰蠻毛詩曰用逷蠻方願隨
越鳥翻飛南翔古詩曰越鳥巢南枝四氣代謝懸景運周爾雅曰四氣和
謂之玉燭淮南子曰二者代謝舛馳周易曰懸象著明別如俯仰脫若三秋毛詩曰一
日不見如三秋兮昔我初遷朱華未希今我旋止素雪雲飛毛詩
曰昔我往矣楊柳依依今我來思雨雪霏霏希與稀同古字通也俯降千仞仰登天阻
莊子曰千仞之高不足以極其深天阻山也范曄後漢書郭林宗論蘇不韋曰城闕天阻宮府幽絕風
飄蓬飛載離寒暑商君書曰夫飛蓬遇飄風而行千里乘風之勢也毛詩曰載離寒暑千
仞易陟天阻可越昔我同袍今永乖別同袍已見上文子好芳
草豈忘爾貽古詩曰蘭澤多芳草繁華將茂秋霜悴之方言曰悴傷也君

不垂眷豈云其誠言君雖不垂眷己則豈得不言其誠蒼頡篇曰豈冀也秋蘭可喻桂樹冬榮蘭以秋馥可以喻言桂以冬榮可以喻性楚辭曰秋蘭兮青青又曰麗桂樹之冬榮絃歌蕩思誰與消憂言絃歌可以蕩滌悲思誰與共奏以消憂也臨川暮思何爲汎舟言臨川日暮而又相思何爲汎舟而不濟以相從乎國語曰秦汎舟乎河豈無和樂遊非我鄰言豈無和樂以蕩思乎爲遊非我鄰故不奏也誰忘汎舟愧無榜人言豈忘汎舟以相從乎愧無榜人所以不濟也榜人喻良朋也張揖漢書注云榜人船長也

雜詩六首 五言

曹子建此六篇並託喻傷政急朋友道絕賢人爲人竊勢別京已後在郢城思鄉而作

高臺多悲風朝日照北林新語曰高臺喻京師悲風言教令朝日喻君之明照北林言狹比喻小人新序曰高堂百仞之子在萬里江湖迥且深江湖喻小人隔蔽毛

詩曰之子于征爾雅曰迥遠也方舟安可極離思故難任爾雅曰大夫方舟郭璞曰併兩船也毛萇詩傳曰極至也孤鴈飛南遊過庭長哀吟鴈南遊已見上文翹思慕遠人願欲託遺音翹猶懸也形影忽不見翩翩傷我心轉蓬離本根飄颻隨長風說苑曰魯哀公曰秋蓬惡其本根美其枝葉秋風一起根本拔矣何意迴飈舉吹我入雲中爾雅曰扶搖謂之猋飈與猋同高高上無極天路安可窮呂氏春秋曰風乎其高高無極也仲長子昌言曰蕩蕩乎若昇天路而不知其所登子若昇天路也類此遊客子捐軀遠從戎毛褐不掩形薇藿常不充淮南子曰布衣掩形鹿裘禦寒言貧人冬則羊裘短褐不掩形也列女傳曾子謂黔婁妻曰先生在時食不充虛衣不蓋形文子曰聖人食足以充虛接氣衣足以蓋形禦寒去去莫復道沈憂令人老宋玉笛賦曰武毅發沈憂古詩曰思君令人老

西北有織婦，綺縞何繽紛。小雅曰：繒之精者曰縞。古老切。明晨秉機杼，日昃不成文。言憂甚而志亂。太息終長夜，悲嘯入青雲。妾身守空閨，良人行從軍。良人，謂夫也。自期三年歸，今已歷九春。一歲三春，故以三年爲九春，言已過期也。纂要曰：九十日，故九春。飛鳥繞樹翔，噭噭鳴索羣。楚辭曰：聲噭噭以寂寥。願爲南流景，馳光見我君。

南國有佳人，容華若桃李。楚辭曰：受命不遷，生南國。謂江南也。佳人已見上文。毛詩曰：何彼穠矣，華如桃李。朝遊江北岸，日夕宿湘沚。毛萇詩傳曰：沚，渚也。時俗薄朱顏，誰爲發皓齒。楚辭曰：容則秀雅，稚朱顏。又曰：美人皓齒，嫮以姱。俛仰歲將暮，榮耀難久恃。歲暮已見上文。邊讓章華臺賦曰：體迅輕鴻，榮耀春華。

僕夫早嚴駕，吾將遠行遊。楚辭曰：僕夫懷兮心悲。又曰：嚴車駕兮出戲遊。又曰：願輕舉兮遠遊遠遊欲何之吳國爲我仇說苑楚王謂淳于髡曰吾有仇在吳國子能爲吾報之乎將騁萬里塗東路安足由廣雅曰由行也江介多悲風淮泗馳急流楚辭曰哀江介之悲風泗水名也孟子曰禹排淮泗而注之江也願欲一輕濟惜哉無方舟閑居非吾志甘心赴國憂漢書曰司馬相如稱疾閑居范曄後漢書梁竦歎曰閑居可以養志毛詩曰甘心首疾飛觀百餘尺臨牖御櫺軒古詩曰雙闕百尺爾雅曰觀謂之闕御猶憑也說文曰櫺楯欄也韋昭漢書注曰軒檻上板也遠望周千里朝夕見平原烈士多悲心小人媮自閑風俗通曰烈士者有不易之分國讎亮不塞甘心思喪元塞謂杜絶也孟子曰勇士不忘喪其元拊劒西南望思欲赴太山左氏傳曰子朱怒撫劒從之太山東岳接吳之境西喻蜀責躬詩曰願蒙矢石建旗東岳意與此同也絃急

悲聲發聆我慷慨言古詩曰音響何太悲絃急知柱促

情詩一首 五言 曹子建

微陰翳陽景清風飄我衣春秋説題辭曰陽精爲日楚辭曰陽杲杲兮朱光遊魚潛淥水翔鳥薄天飛言得所也大戴禮曰魚遊于水鳥飛于雲眇眇客行士遙役不得歸言不如魚鳥也楚辭曰安眇眇兮無所歸薄始出嚴霜結今來白露晞嚴霜已見上文毛詩曰蒹葭凄凄白露未晞遊子歎黍離處者歌式微毛詩曰彼黍離離彼稷之苗行邁靡靡中心搖搖又曰式微式微胡不歸慷慨對嘉賓悽愴内傷悲毛詩曰我有嘉賓又曰我心傷悲

雜詩一首 四言 嵇叔夜

微風清扇雲氣四除漢書張竦爲陳崇作奏曰日不移晷霍然四除皎皎亮月

麗于高隅古詩曰明月何皎皎亮明也周禮曰城隅之制九雉輿命公子攜手同車攜手同車已見上文龍驥翼翼揚鑣踟躕毛詩曰四牡翼翼舞賦曰揚鑣飛沫肅肅宵征造我友廬毛詩曰肅肅宵征光燈吐輝華幔長舒鸞觴酌醴神鼎烹魚毛詩曰且以酌醴又曰誰能烹魚絃超子野歎過綿駒杜預左氏傳注曰子野師曠字也孟子淳于髡曰昔緜駒處高唐而齊右善歌流詠太素俯讚玄虛列子曰太初形之始太素質之始老子曰玄之又玄衆妙之門管子曰虛無形謂之道史記太史公曰老子所貴道虛無應用變化無方孰克英賢與爾剖符言詠讚妙道遊心恬漠誰能以英賢之德與爾分符而仕乎班固漢書述曰漢興柔遠與爾剖符然文雖出彼而意微殊東觀漢記韋彪上議曰二千石皆以選出京師剖符典千里

雜詩一首　五言

傅休奕 臧榮緒晉書曰傅玄字休奕北地人勤學善屬文州舉秀才稍遷至司隸校尉卒

志士惜日短愁人知夜長論語子曰志士仁人無求生以害仁古詩曰愁多知夜長仰觀衆星列攝衣步前庭仰觀南雁翔漢書沛公攝衣迎酈食其玄景隨形運流響歸空房清風何飄颻微月出西方禮記曰月生於西繁星依青天列宿自成行蟬鳴高樹間野鳥號東箱古詩曰秋蟬鳴樹間王逸楚辭注曰牆序之東爲東箱也纖雲時髣髴渥露沾我裳曹植魏德論曰纖雲不形陽光赫戲劉楨詩曰皦月垂素光玄雲爲髣髴霧露沾裳已見上文良時無停景北斗忽低昂常恐寒節至凝氣結爲霜曾子曰陰氣勝則凝爲霜落葉隨風摧一絕如流光

雜詩一首 五言　張茂先

晷度隨天運，四時互相承。說文曰：晷，景也。孫卿子曰：四時代御。東壁正昏中，固陰寒節升。禮記：仲冬之月，日昏東壁中。左氏傳申豐曰：深山窮谷，固陰沍寒。繁霜降當夕，悲風中夜興。毛詩曰：正月繁霜。朱火青無光，蘭膏坐自凝。古詩曰：朱火然其中，青煙颺其間。楚辭曰：蘭膏明燭，華容備。王逸注曰：以蘭香煉膏也。無故自凝曰坐。重衾無暖氣，挾纊如懷冰。左氏傳曰：楚子圍蕭，申公巫臣曰：師人多寒。王巡三軍，拊而勉之，三軍之士皆如挾纊。孔安國尚書傳曰：纊，細綿也。伏枕終遥昔，寤言莫予應。韓詩曰：寤寐無爲，展轉伏枕。廣雅曰：昔，夜也。毛詩曰：獨寐寤言。永思慮崇替，慨然獨撫膺。楚辭曰：永思兮内傷。國語藍尹亹曰：君子獨居，思前世之崇替。列子曰：撫膺而恨。

情詩二首 五言

張茂先

清風動帷簾，晨月照幽房。佳人處遐遠，蘭室無容光。古詩曰盧家蘭室桂爲梁曹植離別詩曰人遠精魂近寤寐夢容光襟懷擁靈景輕衾覆空牀擁猶抱也居歡愒夜促在慼怨宵長一云居歡惜夜促爾雅曰愒貪也苦葢切

拊枕獨嘯歎感慨心内傷

遊目四野外逍遥獨延佇楚辭曰忽反顧以遊目又曰結幽蘭而延佇蘭蕙緑清渠繁華蔭緑渚佳人不在兹取此欲誰與巢居知風寒穴處識陰雨春秋漢含孳曰穴藏先知雨陰曀未集魚已噞喁巢居之鳥先知風樹木摇鳥已翔韓詩曰鸛鳴于垤婦歎于室薛君曰鸛水鳥巢處知風穴處知雨天將雨而蟻出壅土鸛鳥見之長鳴而喜不曾遠别離安知慕儔侶

園葵詩一首五言　陸士衡晉書趙王倫篡位遷帝於金墉城後諸王共誅倫復帝位齊王冏諸機爲倫作禪文輒成都王穎救

之免故作此詩以葵爲喻謝頡

種葵北園中葵生鬱萋萋朝榮東北傾夕穎西南晞淮南子曰聖人之於道猶葵之與日雖不與終始哉其鄉之誠也高誘曰鄉仰也誠實也零露垂鮮澤朗月耀其輝毛詩曰零露瀼瀼時逝柔風戢歲暮商猋飛管子曰東方曰春柔風甘雨乃至楚辭曰商風肅而害之曾雲無溫液嚴霜有凝威鄭玄毛詩箋曰曾重也漢書曰孫寶曰當從天氣以成嚴霜之威幸蒙高墉德玄景蔭素蕤爾雅曰牆謂之墉說文曰蕤草木華盛皃也豐條並春盛落葉後秋衰慶彼晚彫福忘此孤生悲

思友人詩一首　五言

曹顏遠臧榮緒晉書曰曹攄字顏遠譙國人篤志好學參南國中郎將遷高密王左司馬流人王逌等寇掠

城邑擄與戰軍敗而死

密雲翳陽景霖潦淹庭除周易曰密雲不雨左氏傳曰凡雨自三日以往爲霖說文曰潦雨水也又曰除殿階也嚴霜彫翠草寒風振纖枯鄭玄禮記注曰振動也凜凜天氣清落落卉木疎古詩曰凜凜歲云暮杜篤首陽山賦曰長松落落毛萇詩傳曰卉草也感時歌蟋蟀思賢詠白駒毛詩曰蟋蟀在堂歲聿其暮又曰皎皎白駒食我場苗縶之維之以永今朝毛萇曰賢者有乘白駒而去鄭玄曰絆之繫之欲留也情隨玄陰滯心與迴飇俱思心何所懷懷我歐陽子顏遠贈歐陽堅石詩曰嗟我良友惟彥之選然此歐陽即堅石也精義測神奧清機發妙理周易曰精義入神以致用也廣雅曰奧藏也機樞機也自我別旬朔微言絕于耳論語崇爵讖曰子夏共撰仲尼微言以當素王劉子駿書曰夫子沒而微言絕禮記曰聲不絕于耳褰裳不足

難清陽未可俟 毛詩曰子惠思我褰裳涉溱又曰有美一人清陽婉兮邂逅相遇適我願兮毛萇曰清陽眉目之間也 延首出階檐佇立增想似 阮瑀止欲賦曰佇延首以極視兮意謂是而復非莊子徐無鬼曰夫越之流人去國數日見其所知而喜去國旬月見所嘗見於國中而喜及期年也見似人者而喜矣不亦去人茲久者思人茲深乎

感舊詩一首 五言　　曹顏遠 此篇感故舊相輕人情逐勢

富貴他人合貧賤親戚離 鶡冠子曰家富疏族聚居貧兄弟離 廉藺門易軌田竇相奪移 史記曰藺相如出望見廉頗相如引車避匿於是舍人相與諫曰臣去親戚而事君者徒慕君之高義也今君與廉君同列廉君宣惡言而君畏之匿恐懼殊甚且庸人尚羞之況於將相乎臣等不肖請辭去漢書曰竇太后怒免丞相竇嬰太尉田蚡嬰蚡以侯居家蚡雖不任職以太后故親幸數言事多效士趨勢利者皆去嬰而歸蚡也 晨風集茂林棲鳥去枯枝 毛詩

曰鳩彼晨風鬱彼北林國語優施歌曰暇豫之吾吾不如鳥鳥皆集於苑己獨集于枯黃石公兵書曰樹杌者鳥不棲也今我唯困蒙郡士所背馳周易曰困蒙吝鄉人敦懿義濟濟蔭光儀春秋說題辭曰秉懿誠之義思至忠之功鸎鵡賦曰侍君子之光儀對賓頌有客舉觴詠露斯毛詩曰有客宿宿有客信信言授之縶以縶其馬又曰湛湛露斯匪陽不晞厭厭夜飲不醉無歸今鄉人情重皆頌詠此詩臨樂何所歎素絲與路歧禮記曰執紼不笑臨樂不歎淮南子曰楊子見逵路而哭之爲其可以南可以北墨子見練絲而泣之爲其可以黃可以黑高誘曰閔其別與化也

雜詩一首　五言　何敬祖

贈荅何在陸前而此居後誤也

秋風乘夕起明月照高樹賈逵國語注曰乘陵也陵亦侵也閑房來清氣廣庭發暉素暉素月光也古長歌行曰昭昭素明月暉光燭我牀靜寂愴然

歎惆悵出遊顧惆悵已見上文仰視垣上草俯察階下露垣草易彫階露易隕言可傷也心虛體自輕飄飄若仙步言既悟二物故當全形養生列子曰南郭子貌充心虛張湛曰心虛則形全劉梁七擧曰霍爾躰輕瞻彼陵上柏想與神人遇古詩曰青青陵上栢文子曰天地之間有神人真人道深難可期精微非所慕魏武帝秋胡行曰道深未可得名山歷觀行禮記曰德產之緻也精微鄭玄曰緻密也勤思終遙夕永言寫情慮尚書曰歌永言

雜詩一首五言

王正長臧榮緒晉書曰王讃字正長義陽人也博學有俊才辟司空掾歷散騎侍郎卒

朔風動秋草邊馬有歸心蔡琰詩曰北風厲兮肅泠泠胡笳動兮邊馬鳴胡寧久分析靡靡忽至今毛詩曰胡寧忍予又曰行邁靡靡王事離我志殊

隔過商參毛詩曰王事靡監左氏傳子産曰高辛氏有二子伯曰閼伯季曰實沈不相能后帝不臧遷閼伯于商丘主辰商人是因故辰爲商星遷實沈于大夏主參唐人是因其季世曰唐叔虞故參爲晉星參辰更見巳見上文昔往鶬鶊鳴今來蟋蟀吟毛詩曰春日遲遲倉庚喈喈聖主得賢臣頌曰蟋蟀俟秋吟人情懷舊鄉客鳥思故林文子曰鳥飛反鄉依其所生師涓久不奏誰能宣我心韓子曰衛靈公將之晉至濮水之上而宿夜分而聞有鼓新聲者而說之召師涓而告之曰有鼓新聲者其狀似鬼神子爲我聽而寫之師涓曰諾因端坐撫琴而寫之師涓明日報曰臣得之矣

雜詩一首　五言　棗道彥今書七志曰棗據字道彥潁川人弱冠辟大將軍府遷尚書郎太尉賈充爲伐吴都督請爲從事中郎遷中庶子卒

吴寇未殄滅亂象侵邊疆左氏傳晉侯問於士弱曰吾聞之宋災於是乎知有天道可必乎對曰國亂無象不可知也天子命上宰作蕃于漢陽上宰賈充也毛詩曰价人爲藩毛萇曰价善也藩屏也左氏傳晉欒貞子曰漢陽諸姬楚實盡之穀梁傳曰水北曰陽漢陽漢水之陽也開國建元士玉帛聘賢良周易曰大君有命開國承家小人勿用禮記曰天子八十一元士王逸楚辭注曰天下賢人將持玉帛聘而遺之吕氏春秋曰聘名士高誘曰聘問之也將與興化致治也予非荆山璞謬登和氏場韓子曰楚人和氏得璞玉於楚山之中羊質復虎文燕翼假鳳翔楊子法言曰敢問質曰羊質而虎皮見草而悅見豺而戰也既懼非所任怨彼南路長曹子建贈白馬王詩曰怨彼東路長千里既悠邈路次限關梁楚辭曰關梁閉而不通僕夫罷遠涉車馬困山岡僕夫已見上文深谷下無底高巖暨穹蒼列子夏革曰渤海之東有大壑焉實

惟無底之谷杜預左氏傳注曰曁至也爾雅曰穹蒼天也豐草停滋潤霧露沾衣裳毛詩曰湛湛露斯在彼豐草露沾衣裳已見上文丘林結陰氣不風自寒凉高唐賦曰丘木冬榮顧瞻情感切惻愴心哀傷廣雅曰感傷也士生則懸弧有事在四方禮記曰國君太子生三日卜士負之射人以桑弧蓬矢六射天地四方又孔子曰士使之射不能則辭以疾懸弧之義也韓詩内傳曰男子生桑弓蓬矢六射上下四方明當有事天地四方也安得恒逍遥端坐守閨房引義割外情内感實難忘非有先生論曰引義以正身

雜詩一首 五言

左太沖 沖于時賈充徵爲記室不就因感人年老故作此詩

秋風何洌洌白露爲朝霜毛詩曰蒹葭蒼蒼白露爲霜柔條旦夕勁

綠葉日夜黃，明月出雲崖。皦皦流素光，劉楨詩曰：皦月垂素光。披軒臨前庭。嗷嗷晨鴈翔，軒，長廊之牕也。毛詩曰：鴻鴈于飛，哀鳴嗷嗷。高志局四海，塊然守空堂。尸子曰：八極爲局。淮南子曰：塊然獨處。壯齒不恒居，歲暮常慨慷。廣雅曰：歲，年也。

雜詩一首 五言

張季鷹 今書七志曰：張翰，字季鷹，吳郡人也。文藻新麗。齊王冏辟爲東曹掾，覩天下亂，東歸，卒於家。

暮春和氣應，白日照園林。青條若揔翠，黃華如散金。嘉卉亮有觀，顧此難久躭。西京賦曰：嘉卉灌叢。爾雅曰：躭，樂也。毛萇詩傳曰：躭，樂之久者也。延頸無良塗，頓足託幽深。呂氏春秋曰：天下莫不延頸舉踵。頓，猶止也。吳季重與曹丕書曰：雖云幽深，視險若夷。榮與壯俱去，賤與老相尋。懽樂不

照顏慘愴發謳吟謳吟何嗟及古人可慰心毛詩曰啜其泣矣何嗟及矣又曰我思古人實獲我心又曰仲山甫永懷以慰其心

雜詩十首 五言

張景陽

秋夜涼風起清氣蕩暄濁蜻蛚吟階下飛蛾拂明燭易通卦驗曰立秋蜻蛚鳴崔豹古今注曰飛蛾善拂燈火也君子從遠役佳人守煢獨君子謂夫也毛詩曰未見君子佳人已見上文離居幾何時鑽燧忽改木離居已見上文論語曰鑽燧改火禮含文嘉曰燧人始鑽木取火炮生爲熟鄒子曰春取榆柳之火夏取棗杏之火季夏取桑柘之火秋取柞楢之火冬取槐檀之火房櫳無行跡庭草萋以綠說文曰櫳房室之疏也古詩曰秋草萋以綠青苔依空牆蜘蛛網四屋淮南子曰窮谷之汚生以蒼苔說文曰鼅鼄鼄蝥也魏文帝詩曰蜘蛛繞戶牖野草當階生論衡曰蜘蛛結絲以網飛虫

人之用計安能過之毛詩曰亂我心曲

感物多所懷沈憂結心曲古詩曰感物懷所思沈憂已見上文

大火流坤維白日馳西陸毛詩曰七月流火毛萇曰火大火也淮南子曰坤維在西南又曰斗指西南維爲立秋續漢書曰日行西陸謂之秋杜預左傳注曰陸道也浮陽映翠林迴飇扇綠竹陽日也飛雨灑朝蘭輕露棲叢菊龍蟄暄氣凝天高萬物肅周易曰龍蛇之蟄以求伸也禮記曰仲秋之月蟄虫坏户廣雅曰凝止也楚辭曰悲哉秋之爲氣天高而氣清毛詩曰九月肅霜毛萇曰肅縮也霜降而收縮萬物也尸子曰西方爲秋秋肅也萬物草木肅敬禮之至也弱條不重結芳蕤豈再馥文子曰冬冰可折夏條可結時難得而易失人生瀛海內忽如鳥過目史記鄒衍曰中國名赤縣中州也中國外如赤縣州者九乃所謂九州也於是有瀛海環之人民禽獸莫能相通者如一區中者乃爲一

州如此者九乃有大瀛海環之其外天地之外也川上之歎逝前脩以自勗論語子在川上曰逝者如斯楚辭曰蹇吾法夫前脩兮非世俗之所服蔡琰詩曰竭心自勗厲
金風扇素節丹霞啓陰期西方爲秋而主金故秋風曰金風也河圖曰崑崙山有五色水赤水之氣上蒸爲霞陰而赫然魏文帝芙蓉池詩曰丹霞夾明月騰雲似涌煙密雨
如散絲寒花發黃采秋草含緑滋閑居玩萬物離羣
戀所思閑居已見上文禮記子夏曰吾離羣索居亦已久矣案無蕭氏牘庭無
貢公綦漢書曰蕭育與朱博爲友著聞當世時人爲之語曰蕭朱結綬王貢彈冠往者有王陽貢公説文曰牘書版也班婕好賦曰俯視兮丹墀思君兮履綦綦晉灼曰綦履跡也高尚遺王侯道
積自成基周易曰不事王侯高尚其事文子曰積道德者天與之地助之莊子曰無爲無治謂之道基
至人不嬰物餘風足染時莊子曰不離於真謂之至人又南伯子綦曰吾與之

文二十九 十五 下

秉天地之誠而不
以物與之相嬰
朝霞迎白日丹氣臨湯谷丹氣謂赤水之氣也淮南子曰日出湯谷翳翳結
繁雲森森散雨足毛詩曰曀曀其陰毛萇曰如常陰曀然翳與曀古字通論衡曰初出爲雲繁雲爲翳蔡雍霖賦曰瞻玄雲之晻晻懸長雨之森森輕風摧勁草凝霜竦高
木楚辭曰漱凝霜之紛紛密葉日夜疎叢林森如束疇昔歎時遲
晚節悲年促左氏傳羊斟曰疇昔之羊子爲政鄒陽上書曰至其晚節末路歲暮懷百
憂將從季主卜史記曰司馬季主者楚人也卜於長安東市宋忠與賈誼遊於市中謁司馬季主請卜
昔我資章甫聊以適諸越章甫以喻明德諸越以喻流俗也莊子曰宋人資章甫而適諸越越人斷髮文身無所用之司馬彪曰斷斷也資取也章甫冠名也諸於也爾雅曰適往也行行

入幽荒歐駱從祝髮史記曰東海王搖者其先越王勾踐之後也姓騶氏搖率越人佐漢漢立搖爲東海王都東甌世俗號爲東甌王徐廣曰騶一作駱穀梁傳曰吳夷狄之國祝髮文身范甯曰祝斷也鄭玄毛詩曰從隨也窮年非所用此貨將安設冠無所設以喻德無所效也西京賦曰窮年志歸瓴甋夸璵璠魚目笑明月言流俗之失也爾雅曰瓴甋謂之甓左氏傳曰季平子卒陽虎將以璵璠斂雜書曰秦失金鏡魚目入珠明月珠已見上文不見郢中歌能否居然別陽春無和者巴人皆下節宋玉對問曰客有歌於郢中者其始曰下里巴人國中屬而和者數千人其爲陽春白雪國中屬而和者不過數十人是其曲彌高者其和彌寡尹文子曰形之與名居然別矣楚辭曰攬騑轡而下節流俗多昏迷此理誰能察禮記曰不從流俗鄭玄曰流俗失俗也朝登魯陽關狹路峭且深庾仲雍荊州記曰其北有四關魯陽伊闕之屬也流

澗萬餘丈圍大數千尋酈元水經注曰魯陽關水出魯陽關分頭山說苑曰齊王曰大國之樹必巨圍應劭漢書注曰八尺曰尋咆虎響窮山鳴鶴聒空林說文曰咆嘷也杜預左傳注曰聒讙也淒風爲我嘯百籟坐自吟漢書息夫躬絕命辭曰秋風爲我吟莊子子游曰地籟則衆竅是無故自吟曰坐也感物多思情在險易常恖朅來戒不虞挺轡越飛岑劉向七言曰朅來歸耕永自疎周易曰君子以治戎器戒不虞三陽驅九折周文走岑崟漢書曰琅邪王陽爲益州刺史行部至邛僰九折坂嘆曰奉先人遺體柰何數乘此險以病去及王尊爲刺史至其坂問吏曰此非王陽所畏道耶吏對曰是尊叱其馭曰驅之王陽爲孝子王尊爲忠臣然此言王陽驅九折蓋驅馬而去之也公羊傳曰百里奚與蹇叔子送其子而戒之曰爾即死必殽之嶔巖是文王之所避風雨者也何休曰其處阻險故文王過之驅馳常若避風雨也經阻貴勿遲此理著來今漢書杜業上書曰深思往事以戒來今

此鄉非吾地此郭非吾城羈旅無定心翩翩如懸旌左氏傳陳敬仲曰羈旅之臣戰國策楚王曰寡人心搖搖然如懸旌終無所泊出覩軍馬陣入聞鞞鼓聲禮記曰君子聽鼓鞞之聲則思將帥之臣陣或為塵周禮注曰鞞小鼓也常懼羽檄飛神武一朝征漢書高祖曰吾以羽檄徵天下兵班固漢書高紀述曰實天生德聰明神武長鋏鳴鞘中烽火列邊亭楚辭曰帶長鋏之陸離王逸曰長鋏劍名也曹植結客篇曰利劍鳴手中一擊兩尸僵說文曰烽燧候表邊有警則舉也舍我衡門依更被縵胡纓毛詩曰衡門之下可以棲遲莊子趙太子悝曰吾王所好劍士皆蓬頭突鬢垂縵胡之纓疇昔懷微志帷幕竊所經帷謂謀於帷帳也兵書曰將軍於營張幕帟也何必操干戈堂上有奇兵呂氏春秋曰士尹池為荊使於宋司城子罕觴之南面之牆攣於其前而不直西家潦注於庭下而不止問其故子罕曰南家鞔工也吾徒之其父曰吾恃鞔而食三葉矣今徒求鞔者不知吾處

吾將不食故不徙也西家高吾宮卑潦注吾宮也今故不禁也荆適興兵攻宋尹陁歸諫而止孔子聞之曰夫修之廟堂之上折衝千里之外其司城子罕之謂乎高誘曰犨出也鞔履也孫武兵法曰奇正還相生若環之無端也

折衝樽俎閒制勝在兩楹

晏子春秋曰晉平公使范昭觀齊國政景公觴之范昭起曰願得君之樽爲壽公令左右酌樽以獻晏子命樂徹去之范昭不悅而起儛顧太師曰爲我奏成周之樂太師曰盲臣不習也范昭歸謂平公曰齊未可并吾欲試其君晏子知之吾欲犯其樂太師知之於是輟伐齊謀孔子聞之曰善哉不出樽俎之閒而折衝千里之外晏子之謂也高誘呂氏春秋注曰折衝衝者衝車所以衝突也敵之軍能陷破也欲攻己者折還其衝車於千里之外不敢來也孫子兵法曰水因地而制行兵因敵而制勝李奇漢書注曰制折也漢書杜鄴說王音曰所接雖在楹階俎豆之閒其於爲國折衝厭難豈不遠哉兩楹賔主之位也

巧遲不足稱拙速乃垂名

孫子兵法曰兵聞拙速不睹工久陸賈新語曰建大功於天下者必垂名於萬世也

述職投邊城，羈束戎旅間。尚書大傳曰：古者諸侯之於天子，五年一朝，見其身，述其職。述其職者，述其所職也。長楊賦曰：永無邊城之患。下車如昨日，望舒四五圓。下車已見上文。楚辭曰：前望舒使先驅。王逸曰：望舒，月御。借問此何時，胡蝶飛南園。莊子曰：莊周夢爲胡蝶，栩栩然。司馬彪曰：蝶，蛺蝶也。流波戀舊浦，行雲思故山。閩越衣文蛇，胡馬願度燕。漢書曰：漢立無諸爲閩越王，王閩中。蘇武書曰：越人衣文蛇，代馬依北風。君子於其國也，悽愴傷於心。度燕，即依北風也。土風安所習，由來有固然。左氏傳：晉侯曰：鍾儀樂操土風。東京賦曰：凡人心是所學，躰安所習。魯連子譚子曰：物之必至，理固然也。結宇窮岡曲，耦耕幽藪陰。論語曰：長沮、桀溺耦而耕。鄭玄周禮注曰：藪，大澤也。荒庭寂以閑，幽岫峭且深。淒風起東谷，有渰興南岑。毛詩曰：有渰萋萋，興雨祁祁。毛萇曰：渰，雲興貌。渰與弇同，音奄。説文曰：山有穴曰岫。雖無箕畢期，膚寸自成霖尚書曰月之從星則以風雨孔安國曰月經于箕則多風離于畢則多雨公羊傳曰觸石而出膚寸而合不崇朝而徧天下者唯太山雲也何休曰膚寸四指爲膚澤雉登壟雊寒猿擁條吟莊子曰澤雉十步一啄百步一飲溪壑無人跡荒楚鬱蕭森長笛賦曰人迹罕到說文曰森林叢木也投耒循岸垂時聞樵采音左氏傳曰楚公子弃疾過鄭楚芻牧樵采不入田不樵樹不采蓺杜預曰蓺種也重基可擬志迴淵可比心春秋運斗樞曰山者地基顧子曰登高使人意遐臨深使人志清養真尚無爲道勝貴陸沈曹植辨問曰君子隱居以養真也王逸楚辭注曰守真玄默也莊子曰天無爲以之清地無爲以之寧故兩無爲相合萬物皆化人孰得無爲哉韓子解老子曰所以貴無爲無思爲虛者謂其意無所制也慎子曰夫道所以使賢無柰不肖何也所以使智無柰愚何也若此則謂之道勝矣又曰道勝則名不彰莊子曰孔子之楚舍於蟻丘之漿其鄰有夫妻臣妾登極者仲尼曰是陸沈者也是其市南宜僚邪郭象曰人中隱者譬

如無水而沈也遊思竹素園寄辭翰墨林風俗通曰劉向爲孝成皇帝典校書籍皆先書竹爲易刊定可繕寫者以上素也今東觀書竹素也歸田賦曰揮翰墨以奮藻長揚賦曰籍翰林以爲主人

黑蜧躍重淵商羊舞野庭淮南子曰犧牛騂毛宜於廟牲其於致雨不若黑蜧高誘曰黑蜧黑虵也潛於神泉能致雲雨家語曰齊有一足之鳥飛集公朝下止於殿前舒翅而跳齊侯大怪之使使聘魯訪諸孔子孔子曰此名曰商羊水祥也昔童兒有屈其一脚振訊兩臂而跳且謡曰天將大雨商羊鼓舞今齊有之其應至矣告趣治溝渠修隄防將有大水爲災須臾大霖水溢汎諸國傷害民人唯齊備不敗也

飛廉應南箕豐隆迎號屏楚辭曰後飛廉兮使奔屬飛廉風伯也楚辭曰吾令豐隆乘雲兮王逸曰豐隆雲師也楚辭曰屏號起雨何以興之王逸曰屏屏翳雨師名也號呼也興起也言雨師呼則雲起而雨下也

雲根臨八極雨足灑四溟淮南子曰八紘之外有八極八

極之雲是雨天下高誘曰八極八方之極也四溟四海也霖瀝過二旬散漫亞九齡言今滛雨霖瀝已過二旬水流散漫亞乎九齡也鄭玄詩譜曰堯之末洪水九年萬國不粒階下伏泉涌堂上水衣生高誘淮南子注曰蒼苔水衣也洪潦浩方割人懷昬墊情尚書曰湯湯洪水方割孔安國曰割害也水方爲害也尚書禹曰洪水滔天浩浩懷山襄陵下民昬墊孔安國曰昬瞀墊溺皆病水災沈液漱陳根緑葉腐秋莖漱蕩也鄭玄毛詩箋曰陳根可拔里無曲突煙路無行輪聲漢書徐福上書曰曲突徙薪無恩澤環堵自頹毀垣閭不隱形禮記曰儒有環堵之室廣雅曰墉垣墻也釋名曰墉容也所以蔽隱形容也尺燼重尋桂紅粒貴瑶瓊說文曰燼薪也戰國策曰蘇秦之楚三月乃得見王談卒辭行楚王曰先生不遠千里而臨寡人曾弗肯留願聞其說對曰楚國食貴於玉薪貴於桂謁者難見於鬼王難見於帝今令臣食玉炊桂因鬼見帝其可得乎漢書曰太倉之粟紅腐而不可食也

君子守固窮在約不爽貞論語曰子路愠見曰君子亦有窮乎子曰君子固窮左氏傳晉成鱄曰居利思義在約思純爾雅曰爽差也周易曰貞正也雖榮田方贈慙爲溝壑者說苑曰子思居衛緼袍無裏二旬九食田子方使人遺狐白之裘恐其不受因謂之曰吾假人遂忘之吾與人如弃之子思辭曰伋聞志與不如遺弃物於溝壑伋雖貧不忍身爲溝壑故不敢當卒不肯受取志於陵子比足黔婁生孟子章句曰陳仲子豈不誠廉士哉居於陵三日不食耳無聞目無見井上有李實螬食者過半矣匍匐往將而食之三咽然後耳有聞目有見也仲子織屨妻辟纑以易之劉熙曰陳仲子齊一介士也螬蟲也李實有虫食之過半言仲子目無見也仲子自織屨妻紡纑以易食也緝績其麻曰辟練絲曰纑也列女傳曰黔婁先生死曾子弔之曰先生何以爲謚妻曰以康爲謚曾子曰先生在時食不充虛衣不蓋形何樂於此而謚爲康乎妻曰先生君嘗欲授之政以爲國相而辭不爲是其有餘貴也君嘗賜之粟三十鍾先生不受是其有餘富也其謚爲康不宜何也皇甫謚高士傳曰黔婁先生者齊人也

修清節
不求進

文選卷第二十九

賜進士出身通奉大夫江南蘇松常鎮太等處承宣布政使司布政使胡克家重校刊

文選卷第三十

梁昭明太子撰

文林郎守太子右內率府錄事參軍事崇賢館直學士臣李善注上

雜詩下

盧子諒時興詩一首　陶淵明雜詩二首

詠貧士詩一首　讀山海經詩一首

謝惠連七月七日夜詠牛女詩一首

擣衣詩一首

謝靈運南樓中望所遲客詩一首

田南樹園激流植援詩一首

齋中讀書詩一首
石門新營所住四面高山迴溪石瀨脩竹茂林
詩一首　王景玄雜詩一首
鮑明遠數詩一首
翫月城西門解中詩一首
謝玄暉始出尚書省詩一首
直中書省詩一首　觀朝雨詩一首
郡內登望詩一首
和伏武昌登孫權故城詩一首
和王著作八公山詩一首

和徐都曹詩一首　和王主簿怨情詩一首
沈休文和謝宣城詩一首
應王中丞思遠詠月詩一首
冬節後至丞相第詣世子車中五韻詩一首
直學省愁卧詩一首
詠湖中鴈詩一首
三月三日率爾成詩一首
雜擬上
陸士衡擬古詩十二首
張孟陽擬四愁詩一首

陶淵明擬古詩一首

謝靈運擬鄴中詩八首

雜詩下

時興一首　五言　盧子諒　諶

亹亹圓象運，悠悠方儀廓。楚辭曰：歲亹亹而過中。曾子曰：天道曰圓，地道曰方。在天成象，故曰圓象。天地曰兩儀，故曰方儀也。賈逵國語注曰：悠悠，長也。爾雅曰：廓，大也。忽忽歲云暮，游原采蕭藿。楚辭曰：歲忽忽而遒盡。毛詩曰：歲聿云暮。采蕭穫菽。毛萇曰：云，言也。又曰：蕭，蒿也。菽，藿也。北踰芒與河，南臨伊與洛。芒，山名也。河及伊洛，皆水名。凝霜霑蔓草，悲風振林薄。楚辭曰：激凝霜之紛紛。又曰：哀江介之悲風。摵摵芳葉零，蘂蘂芬華落。摵，已見射雉賦。字書曰：蘂，垂也。如捶切。下泉激洌清，曠野增遼索毛詩曰冽彼下泉毛萇曰冽寒也司馬彪莊子注曰流急曰激毛詩曰率彼曠野毛萇曰曠空也登高眺遐荒極望無崖嵉文字集略曰嵉崖也形變隨時化神感因物作莊子曰形變而有生又曰一龍一蛇與時俱化爾雅曰感動也莊子曰萬物並作吾以觀其復王弼曰作生長也子曰以虛靜觀其反覆者也澹乎至人心恬然存玄漠言已澹乎同彼至人意存玄漠而已莊子曰澹而靜乎莫而清乎王逸楚辭注曰憺安也憺與澹同莊子曰不離於真謂之至人又曰至人之用心若鏡淮南子曰恬然則縱之廣雅曰恬靜也張華勵志詩曰大猷玄漠廣雅曰玄道也又曰漠泊也說文曰泊無也

雜詩二首　陶淵明

結廬在人境而無車馬喧結猶構也問君何能爾心遠地自偏鄭玄禮記注曰爾助語也琴賦曰體清心遠邈難極采菊東籬下悠然望南山

山氣日夕佳，飛鳥相與還。管子曰：夫鳥之飛，必還山集谷也。此還有眞意，欲辯已忘言。楚辭曰：狐死必首丘，夫人孰能反其眞情。王逸注曰：眞，本心也。莊子曰：言者所以在意也，得意而忘言。

秋菊有佳色，裛露掇其英。文字集略曰：裛，坌衣香也。然露坌花亦謂之裛也。毛萇詩傳曰：掇，拾也。汎此忘憂物，遠我達世情。毛詩曰：微我無酒，以遨以遊。毛萇曰：非我無酒可以忘憂也。潘岳秋菊賦曰：汎汎流英於清醴，似浮萍之隨波。纏子董無心曰：無心鄙人也，不識世情。一觴雖獨進，杯盡壺自傾。日入羣動息，歸鳥趨林鳴。莊子善卷曰：余日出而作，日入而息。尸子曰：晝動而夜息，天之道也。杜育詩曰：臨下覽羣動。曹子建贈白馬王彪詩曰：歸鳥赴喬林。嘯傲東軒下，聊復得此生。郭璞遊仙詩曰：嘯傲遺俗羅。得此生，劉瓛易注曰：自無出有曰生。生，得性之始也。

詠貧士詩一首 五言　陶淵明

萬族各有託，孤雲獨無依。孤雲喻貧士也。陸機鼈賦曰：揔美惡而兼融，播萬族乎一區。楚辭曰：憐浮雲之相佯。王逸注曰：相佯，無依據之貌也。曖曖虛中滅，何時見餘輝。王逸楚辭注曰：曖曖，昏昧貌。陸機擬古詩曰：照之有餘輝。朝霞開宿霧，衆鳥相與飛。喻衆人也。遲遲出林翮，未夕復來歸。亦喻貧士。量力守故轍，豈不寒與飢。左氏傳晉荀吳曰：量力而行。又向戌曰：飢寒之不恤，誰能恤楚也。知音苟不存，已矣何所悲。古詩曰：不惜歌者苦，但傷知音稀。楚辭曰：已矣，國無人兮莫我知。

讀山海經詩一首 五言　陶淵明

孟夏草木長，繞屋樹扶疎。上林賦曰：垂條扶疎。衆鳥欣有託，吾亦愛吾廬。既耕亦已種，且還讀我書。窮巷隔深轍，頗迴故人車漢書曰張負隨陳平至其家乃負郭窮巷以席爲門門外多長者車轍韓詩外傳楚狂接輿妻曰門外車轍何其深歡言酌春酒摘我園中蔬張協歸舊賦曰苦辭既接歡言乃周毛詩曰爲此春酒微雨從東來好風與之俱閑居賦曰微雨新晴汎覽周王傳流觀山海圖周王傳穆天子傳也山海圖山海經也俛仰終宇宙不樂復何如莊子老聃曰其疾也俛仰之間再撫四海之外又善卷曰余立於宇宙之中毛詩曰既見君子云何不樂

七月七日夜詠牛女一首五言齊諧記曰桂楊城武丁有仙道常在人間忽謂其弟曰七月七日織女渡河諸仙悉還宮吾向以被召不得停與爾別矣弟問織女何事渡河兄何當還荅曰織女暫詣牽牛吾去後三千年當還耳明旦失武丁所在世人至今猶云七月七日織女嫁牽牛

謝惠連

落日隱櫩楹，升月照簾櫳。毛詩曰：如月之升。說文曰：櫳，房室之疏也。團團滿葉露，析析振條風。毛詩曰：野有蔓草，零露團兮。楚辭曰：秋風兮蕭蕭，舒芳兮振條。蹀足循廣除，瞬目矖曾穹。呂氏春秋曰：惠盎見宋康王，康王蹀足謦欬。聲類曰：蹀，躡也。徒頰切。登樓賦曰：循階除而下降。說文曰：除，殿階也。又曰：瞬，開闔目也。蒼頡篇曰：矖，索視之貌也。穹，天也。雲漢有靈匹，彌年闕相從。毛詩曰：倬彼雲漢。曹植九詠注曰：牛女爲夫婦，七月七日得一會同也。毛萇詩傳曰：彌，終也。遐川阻昵愛，脩渚曠清容。曹植九詠注曰：織女、牽牛之星，各處河之旁。爾雅曰：昵，近也。孫炎曰：親之近也。蒼頡篇曰：曠，踈曠也。弄杼不成藻，聳轡鶩前蹤。古詩曰：纖纖擢素手，札札弄機杼，終日不成章，泣涕零如雨。王逸楚辭注曰：蹤，軌也。昔離秋已兩，今聚夕無雙。昔離迄今，會而秋已兩，今聚便別，故夕無雙也。傾河易迴斡，款顏難久悰。傾河，天漢也。陸機擬古詩曰：天漢東南傾。邊讓章華臺賦曰：天河既迴，歡樂未終如淳漢書注曰斡轉也字林曰款誠也意有所欲廣雅曰悰樂也沃若靈駕旋寂寥雲幄空毛詩曰我馬維駱六轡沃若陸機雲賦曰藻帟高舒長帷虹繞留情顧華寢遥心逐奔龍龍仙者所駕故遥心以逐之莊子曰神人承雲氣御飛龍也沈吟為爾感情深意彌重古詩曰馳情整中帶沈吟聊躑躅鄭玄毛詩箋曰爾汝也廣雅曰感傷也鄭玄儀禮注曰彌盡也

擣衣一首 五言

謝惠連

衡紀無淹度晷運倏如催漢書曰用昬建者杓夜半建者衡晉灼曰衡斗之中央也爾雅曰星紀斗牽牛也漢書音義曰二十八舍列在四方日月行焉起於星紀也說文曰晷日景也周易曰日月運行白露滋園菊秋風落庭槐肅肅莎雞羽烈烈寒螿啼毛詩曰六月莎雞振羽一名促織一名絡緯一名蟋蟀論衡曰夏末寒蜻蛚鳴將感陰氣也許慎淮南子

注曰寒螿蟬屬也子羊切夕陰結空幙，霄月皓中閨。美人戒裳服，端飾相招攜。楚辭曰美人皓齒嫮以姱左氏傳曰招攜以禮何休公羊傳注曰攜提將也簪玉出北房，鳴金步南階。魏臺訪議曰以玉爲笄也古曰笄今曰簪繁欽定情詩曰何以致拳拳綰臂雙金環櫚高砧響發，楹長杵聲哀。郭璞曰砧木質也然此砧爲擣帛之質也文字集略曰砧杵之質也猪金切爾雅曰砧謂之虔微芳起兩袖，輕汗染雙題。說文曰題額也紈素既已成，君子行未歸。君子謂夫也毛詩曰未見君子裁用笥中刀，縫爲萬里衣。古詩曰相去萬餘里盈篋自余手，幽緘侯君開。說文曰篋笥也又曰緘束篋也古咸切腰帶準疇昔，不知今是非。左氏傳羊斟曰疇昔之羊子爲政

南樓中望所遲客一首

五言謝靈運遊名山志曰始寧又北轉一汀七

里直指舍下園南門樓自南樓百許步對橫山　謝靈運

杳杳日西頹漫漫長路迫楚辭云日杳杳以西頹路長遠而窘迫王逸注曰言道路長長遠不得復還憂心迫窘無所舒志也登樓爲誰思臨江遲來客楚辭曰吹參差兮誰思遲猶思也與我別所期期在三五夕陸機贈馮文羆詩曰問子別所期耀靈緣扶木三五謂十五日也禮記曰月者三五而盈也圓景早已滿佳人猶未適曹子建贈徐幹詩曰圓景光未滿衆星粲已繁魏文帝秋胡行曰朝與佳人期日夕殊不來杜預左氏傳注曰適歸也即事怨睽攜感物方悽戚即事即此離別之意也列子周之尹氏有老役夫晝則呻呼即事夜則昏憊而熟寐周易曰睽乖也賈逵國語注曰攜離也古詩曰感物懷所思鄭玄論語注曰方常也孟夏非長夜晦明如歲隔楚辭曰望孟夏之短夜何晦明兮若歲瑤華未堪折蘭苕已屢摘楚辭曰折疎麻兮瑤華將以遺乎離居又曰被石蘭兮帶

杜衡折芳馨兮遺所思路阻莫贈問云何慰離析楚辭曰媒絶路阻言不可結而贈也毛萇詩傳曰問遺也又曰慰安也杜育金谷詩曰既而慨爾感此離析搔首訪行人引領異良覿毛詩曰愛而不見搔首踟躕爾雅曰覿見也良覿謂見良人也

田南樹園激流植援一首　五言　謝靈運

樵隱俱在山由來事不同臧榮緒晉書曰何琦曰胡孔明有言隱者在山樵者亦在山在山則同所以在山則異豈不信乎不同非一事養痾亦園中高彪與馬融書曰公今養痾傲士說文曰痾病也中園屏氛雜清曠招遠風范曄後漢書仲長統曰欲卜居清曠以樂其志廣雅曰曠遠也卜室倚北阜啓扉面南江西都賦曰臨峻路而啓扉激澗代汲井插槿當列墉群木既羅戶衆山亦對牕靡迤趨下田迢遞瞰高峯西京賦曰澶漫靡迤寡欲不期勞

即事罕人功老子曰少私寡欲即事即此營室之事也巳見上文唯開蔣生逕永懷求羊蹤三輔決録曰蔣詡字元卿隱於杜陵舍中三逕惟羊仲求仲從之遊二仲皆挫廉逃名毛萇詩傳曰懷思也賞心不可忘妙善冀能同莊子曰顏成子游謂東郭子綦曰自吾聞子之言也八年而不知死生九年大妙郭象曰妙善同故無往而不冥也

齋中讀書一首五言永嘉郡齋也

謝靈運

昔余遊京華未嘗廢丘壑郭璞遊仙詩曰京華遊俠窟漢書班嗣書曰夫嚴子者漁釣於一壑萬物不干其志棲遲於一丘天下不易其樂也矧迺歸山川心跡雙寂漠爾雅曰矧況也楚辭曰野寂漠兮無人虛館絶諍訟空庭來鳥雀張衡四愁詩序曰諍訟息鬻子曰禹治天下朝廷之閒可以羅雀也卧疾豐暇豫翰墨時閒作國語優施曰我教暇豫之事君幸之韋昭曰暇閑也豫樂也歸田賦曰揮翰墨以奮藻兩都賦序曰時時閒作

懷抱觀古今寢食展戲謔文賦曰觀古今於須臾毛詩曰善戲謔兮不爲虐兮既笑沮溺苦又哂子雲閣執戟亦以疲耕稼豈云樂論語曰長沮桀溺耦而耕漢書曰王莽既以符命自立即位之後欲絶其源以神前事而甄豐子尋劉歆子棻復獻之莽誅豐父子投棻四裔辭所連及便收不請時楊雄校書天祿閣上理獄使者來欲收雄雄恐不能自免乃從閣上自投幾死京師爲之語曰惟寂惟漠自投于閣潘安仁夏侯湛誄曰執戟疲楊萬事難並歡達生幸可託莊子曰達生之情者傀司馬彪曰傀大也情在無故曰大傀音瑰

石門新營所住四面高山迴溪石瀨脩竹茂林詩一首五言　謝靈運

躋險築幽居披雲臥石門方言曰躋登也論衡曰幽居靜處恬澹自守莊子曰雲者風起北方一西一東孰居無事而披拂是苔滑誰能步葛弱豈可捫遊天台山賦曰

踐莓苔之滑石又曰援葛藟之飛莖毛萇詩傳曰捫持也娟娟秋風過萋萋春草
繁楚辭曰娟娟兮秋風王逸注曰娟娟風搖木貌也楚辭曰春草生兮萋萋美人遊不還佳
期何由敦楚辭曰望美人兮未來又曰與佳期兮夕張方言曰敦信也芳塵凝瑶席
清醑滿金樽庾闡楊都賦曰結芳塵於綺疏楚辭曰瑶席兮玉瑱毛詩曰飲此醑矣埤蒼曰滑美
貌也曹子建樂府詩曰金樽王杯不能使薄酒更厚洞庭空波瀾桂枝徒攀翻楚辭
曰洞庭波兮木葉下又曰攀桂枝兮聊淹留結念屬霄漢孤景莫與諼言所
思念邈若霄漢孤影獨處莫與忘憂蔡琰詩曰煢煢對孤影怛咤糜肝肺毛萇詩傳曰諼志也張翰詩曰單形依
孤影俯濯石下潭仰看條上猿早聞夕飈急晚見朝日暾
楚辭曰暾將出兮東方王逸注日始出其形暾暾而盛大也崖傾光難留林深響易
奔感往慮有復理來情無存言悲感已往而夭壽紛錯故慮有迴復妙理若來而

物我俱喪故情無所存往謂適彼可悲之境也庶持乘日車得以慰營魂莊子牧馬童子謂黃帝曰有長者教予曰若乘日之車而遊襄城之野郭象曰日出而遊日入而息也車或爲居楚辭曰載營魄而升霞鍾會老子注曰經護爲營也匪爲衆人說冀與智者論司馬遷書曰可爲智者說難爲俗人言

雜詩一首 五言

王景玄沈約宋書曰王微字景玄少好學無不通覽年十六舉秀才除南平王鑠右軍咨議微素無宦情並陳疾不就江湛舉爲吏部郎中

思婦臨高臺長想憑華軒陸機爲顧彥先贈婦詩曰東南有思婦舞賦曰遠思長想登樓賦曰憑軒檻以遙望潘岳爲賈謐贈陸機詩曰珥筆華軒韋昭漢書注曰軒檻上板也弄紡不成曲哀歌送苦言左太沖詠史詩曰哀歌和漸離張平子書曰酸者不能不苦於言也

箕箒留江介良人處鴈門 箕箒婦人所執也國語曰吳王夫差伐越越王勾踐乃命諸稽郢行成於吳曰勾踐請盟一介適女執箕箒以備姓於王宮說文曰箕簸也箒糞也楚辭曰哀江介之悲風孟子曰齊人一妻一妾而處室者其良人出必厭酒肉劉渠曰婦人稱夫曰良人漢書有鴈門郡 詎憶無衣苦但知狐白溫 曹植贈丁儀詩曰狐白足禦冬焉念無衣客 日闇牛羊下野雀滿空園 毛詩曰日之夕矣羊牛下來古猛虎行曰日暮不從野雀棲 孟冬寒風起東辟正中昏 禮記曰仲冬之月昏東壁中 朱火獨照人抱景自愁怨 古詩曰朱火然其中楚辭曰廓抱景而獨倚 誰知心曲亂所思不可論 毛詩曰亂我心曲古詩曰所思在遠道

數詩一首 五言　　鮑明遠

一身仕關西家族滿山東 家語孔子曰恭敬忠信四者可以正國豈特一身漢書王衛

尉曰蕭何守關中摇足則關西非陛下所有又曰高帝問羣臣羣臣皆山東人也二年從車駕

齋祭甘泉宮漢書曰元延二年行幸甘泉賦曰正月從上甘泉蔡邕獨斷曰不敢指斥天子故但

言車駕漢書曰武帝作甘泉宮中爲臺置祭具以致天神也三朝國慶畢休沐還舊

邦漢書谷永上書曰食於三朝之會周禮曰國有福事即慶賀之漢書曰張安世休沐未嘗出王粲贈蔡子篤

詩曰戾舊邦也四牡曜長路輕蓋若飛鴻毛詩曰駕彼四牡石崇還京詩曰迅風翼

華蓋飄飄若鴻飛五侯相餞送高會集新豐漢書曰成帝悉封舅王譚王立王根

王逢王商時爲列侯五人同日封故世謂之五侯又曰漢王置酒高會三輔舊事曰太上皇思慕鄉里高祖徙

豐沛商人立爲新豐也六樂陳廣坐組帳揚春風周禮曰凡六樂者文之以五聲

鄭玄曰此固所以存六代之樂史記侯嬴曰公子自迎嬴羣衆廣坐之中嵇康贈秀才詩曰組帳高褰七

盤起長袖庭下列歌鍾張衡舞賦曰歷七盤而屣躡七盤已見陸機羅敷歌韓子曰長

袖善舞國語曰鄭伯納女樂二八歌鍾已見魏都賦八珎盈彫俎綺肴紛錯重周禮食醫掌和王八珍之齊莊子曰祝宗人說彘曰汝奚惡死吾將加汝肩尻乎彫俎之上應璩與公琰書曰繁俎綺錯羽爵飛騰九族共瞻遲賓友仰徽容尚書曰敦叙九族孔安國曰九族高祖玄孫之親也張載送鍾參軍詩曰善見理不拔闡道播徽容十載學無就善宦一朝通漢書曰張釋之事文帝十年不得調又曰司馬安巧善宦四至九卿

翫月城西門解中一首五言　鮑明遠

始見西南樓纖纖如玉鉤西京雜記公孫乘月賦曰值圓巖而似鉤蔽脩堞如分鏡王逸楚辭注曰曲瓊玉鉤也末映東北墀娟娟似蛾眉說文曰墀塗地也禮天子赤墀上林賦曰長眉連娟毛詩曰螓首蛾眉蛾眉蔽珠櫳玉鉤隔瑣窻珠櫳以珠飾疏也瑣窻窻爲瑣文也范曄後漢書曰梁冀第舍窻牖皆有綺疏青瑣也三五二八時千

里與君同二八十六日也釋名曰望滿之名月大十六日月小十五日淮南子曰道德之論譬如日月馳騖千里不能改其處夜移衡漢落徘徊帷戸中衡斗中央也漢天漢也已見上文曹植七哀詩曰明月照高樓流光正徘徊歸華先委露別葉早辭風言歸華先委為露所墮別葉早辭為風所隕華落向本故曰歸本葉下離枝故云別葉王逸楚辭注曰委弃也翼氏風角曰木落歸本水流歸末客游厭苦辛仕子倦飄塵陸機荅張士然詩曰飄颻冒風塵休澣自公日宴慰及私辰禮記曰晏子澣衣以朝字林曰醧私宴飲也方言曰慰居也蜀琴抽白雪郢曲發陽春相如工琴而處蜀故曰蜀琴客歌郢中故稱郢曲也宋玉笛賦曰師曠將為白雪之曲也又對問曰客有歌於郢中者其為陽春白雪國中屬而和者不過數人肴乾酒未缺金壺啓夕淪肴雖乾而酒未止金壺之漏已啓夕波杜預左氏傳注曰肴乾而不食爾雅曰小波為淪陸機漏賦曰伏陰蟲以承波吞恒流其如挹迴軒駐輕

蓋留酌待情人

始出尚書省一首 五言 謝玄暉 蕭子顯齊書曰朓兼尚書殿中郎高宗輔政以朓爲諮議領記室高宗明帝也

惟昔逢休明十載朝雲陛 休明謂齊武皇帝也左氏傳曰王孫滿曰德之休明蕭子顯齊書曰朓解褐豫章王行參軍然王故朝也左思七牧曰開甲第之廣袠建雲陛之嵯峨 既通金閨籍復酌瓊筵醴 金閨即金門也解嘲曰歷金門上玉堂應劭漢書注曰籍者爲二尺竹牒記其年紀名字物色懸之宮門案省相應乃得入也袁宏夜酣賦曰開金罇坐瓊筵漢書楚元王敬禮穆生等穆生不嗜酒王每置酒常爲穆生設醴也 宸景厭照臨昏風淪繼體 宸北辰以喻帝位也厭照臨謂武帝崩也繼躰謂鬱林王昭業也蕭子顯齊書曰鬱林王文惠太子長子武帝崩王即位毛詩曰明明上天照臨下土尚書曰遠耆德比頑童時謂亂風廣雅曰昏亂也又曰淪沒也公羊傳曰繼文王之

躬守文王之法度

紛虹亂朝日濁河穢清濟漢書息夫躬絕命辭曰虹霓耀兮日微張晏曰虹蜺邪陰之氣也而有照耀以蔽日月方讒言流行忠良浸微也戰國策張儀說秦王曰清濟濁河足以爲阻孔安國尚書注曰濟水入河並流十數里清濁異色混爲一流亦喻讒邪之穢忠正也

防口猶寬政餐荼更如薺言防衆口實由寬政雖遇餐荼之苦更同如薺之甘時明帝輔政故曰寬也國語召公諫厲王曰防人之口甚於防川左氏傳陳公子完謂齊侯曰臣幸若獲宥及於寬政君之惠也仲長子昌言曰有軍興之大役焉有凶荒之殺用焉如此則清脩絜皎之士固當食荼藍膽枕籍菁棘毛詩曰誰謂荼苦其甘如薺

英袞暢人謀文明固天啓英袞謂明帝也初爲尚書令故曰英袞蕭子顯齊書曰明帝以太后令廢鬱林王及海陵王而即帝位周禮曰三公自袞冕而下漢書音義曰暢通也周易曰人謀鬼謀百姓與能又曰見龍在田天下文明左氏傳曰晉侯賜畢萬魏卜偃曰以是始賞天啓之矣

青精翼紫軑黃旗映朱邸春秋元命苞曰帝紂之時五星聚房房者蒼神之精周據而興

然青即蒼也齊木德故蒼精翼之孔安國尚書傳曰翼
輔也方言曰韓楚之閒謂之軑徒計切天子之車以
紫爲蓋故曰紫軑司馬德操與劉恭嗣書曰黄旗紫蓋
恒見東南終成天下者揚州之君子史記曰諸侯朝天
子於天子之所立宅舍曰邸漢書曰代王入代邸諸王朱戸故曰朱邸
還覲司隸章復見東都禮
東觀漢記曰更始欲北之雒陽以上爲司隸校尉三輔官府吏東迎雒陽見更始諸將過者數
十輩皆冠幘而衣婦人之衣大爲長安所笑見司隸官
屬皆相指視之極望老吏或垂涕褰然復見官府儀體
賢者蟻附也
中區咸已泰輕生諒昭洒
文賦曰佇中區以玄覽說文曰洒滌也桑禮切
趨事辭宮闕載筆陪旌棨
謂出殿中而爲記室也漢書曰朱博夜寢早起妻希
見面趨事如是慎子曰趨事之有司賤也禮記曰史載
筆士載言司馬彪續漢書曰公以下至二千石騎吏四
人皆帶劒棨戟爲前行韋昭漢書注曰棨戟也音啓
邑里向踈蕪寒流自清泚
鶡冠子曰士之居邑里賈逵國語注曰蕪薉也說文曰泚清也且禮切
衰柳尚沈沈凝露方

泥泥沈沈茂盛之貌也毛詩曰蓼彼蕭斯零露泥泥廣雅曰方正也毛萇曰泥泥沾濡也零落悲

友朋歡虞讌兄弟孔融與曹操書曰海內知識零落殆盡虞與娛通毛詩序曰常棣燕兄弟也

既秉丹石心寧流素絲涕丹石言不移也呂氏春秋曰石可破而不可奪其堅丹可磨而不可奪其赤韓子曰上下相德守道者皆懷金石之心素絲隨染涕墨子所悲也淮南子曰墨子見練絲而泣之爲其可以黃可以黑高誘曰閔其化也曹顏遠感時詩曰素絲與路歧乘此終蕭散

垂竿深澗底孫惠龜賦曰汎舟於清泠之淵垂竿於巖澗之下如淳漢書注曰秉因也

直中書省一首五言蕭子顯齊書曰眺轉中書郎　謝玄暉

紫殿肅陰陰彤庭赫弘敞紫殿紫宮也漢書成紀曰神光降集紫殿莊子曰至陰肅肅至陽赫赫西都賓曰玉階彤庭西京賦曰赫昈昈以弘敞風動萬年枝日華承露掌晉宮闕名曰華林園有萬年樹十四株漢書曰日華曜宣明又曰武帝作栢梁銅柱承露盤僊人掌也

玲瓏結綺錢深沈映朱網晉灼甘泉賦注曰玲瓏明見貌也東宮舊事曰窻有四面綾綺連錢楚辭曰網戶朱綴刻方連王逸注曰網綺文縷也綴緣也網與罔同而義異也紅藥當階飜蒼苔依砌上淮南子曰窮谷之污生以蒼苔茲言翔鳳池鳴珮多清響晉中興書曰荀勗從中書監爲尚書令人賀之乃發恚云奪我鳳凰池卿諸人何賀我邪禮記曰君子行則鳴佩玉信美非吾室中園思偃仰登樓賦曰雖信美而非吾土兮毛詩曰或棲遲偃仰朋情以鬱陶春物方駘蕩尚書曰鬱陶乎予心顏厚有忸怩莊子曰惠施之材駘蕩而不得逐物不反司馬彪曰駘蕩猶施散也安得淩風翰聊恣山泉賞莊子曰鵲巢於高楡之顛巢折淩風而起毛詩曰如飛如翰鄭玄曰如鳥之飛翰也

觀朝雨一首五言　謝玄暉

朔風吹飛雨蕭條江上來既灑百常觀復集九成臺張景

陽七命曰表以百常之闕西京賦曰通天眇以竦峙勁百常而莖擢薛綜曰臺名也爾雅曰觀謂之闕呂氏春秋曰有娀氏有二佚女爲九成臺飲食必以鼓

空濛如薄霧散漫似輕埃平明振衣坐重門猶未開楚辭曰平明發芀蒼梧新序曰老古振衣而起周易曰重門擊柝

耳目暫無擾懷古信悠哉東京賦曰慨長思而懷古毛詩曰悠哉悠哉毛萇曰悠思也

戢翼希驤首乘流畏曝鰓成公綏慰情賦曰惟潜龍之勿用戢鱗翼以匿影鄒陽上書曰鮫龍驤首奮翼則浮雲出流鵬鳥賦曰乘流則逝三秦記曰河津一名龍門兩傍有山水陸不通龜魚莫能上江海大魚薄集龍門下上則爲龍不得上曝鰓水次也

動息無兼遂歧路多徘徊動息猶出處言出處之情有疑譬臨歧路而多惑也淮南子曰楊子見逵路而哭之謂其可以南可以北

方同戰勝者去翦北山萊言隱勝仕也方猶將也韓子子夏曰吾入見先王之義則榮之出見富貴又榮之二者戰於胷臆故臞也今見先王之義戰勝故肥也毛詩曰南山有臺北山

有萊毛萇曰萊草也

郡内登望一首　五言蕭子顯齊書曰眺出爲宣城太守　謝玄暉

借問下車日匪直望舒圓張景陽詩曰下車如昨日望舒四五圓寒城一以眺平楚正蒼然毛詩曰翹翹錯薪言刈其楚說文曰楚叢木也鄭玄毛詩箋曰蒹葭在衆草之中蒼蒼然也山積陵陽阻溪流春穀泉江賦曰幽澗積阻沈約宋書曰宣城郡太康中分丹陽立陵陽子明得仙於廣陽縣山戰國策曰飲茹溪之流漢書曰丹陽郡有春穀縣水經注曰江逕春穀縣北又合春穀水威紆距遥甸巉嵒帶遠天威紆威夷紆餘流長之貌也孔安國尚書傳曰距至也廣雅曰巉嵒高也切切陰風暮桑柘起寒煙悵望心已極惝怳魂屢遷悵望已見上文楚辭曰招惝怳而永懷招勑驕切惝況壤切怳況往切結髮倦爲旅平生早事邊漢書霍光結髮内侍論語子曰久要不忘平生

之言

誰規鼎食盛寧要狐白鮮家語曰子路南遊於楚列鼎而食晏子春秋曰景公被狐白之裘坐於堂側方棄汝南諾言稅遼東田續漢書曰汝南太守南陽宗資任用范滂時人謠曰汝南太守范孟博南陽宗資主畫諾魏志曰管寧聞公孫度令行海外遂至于遼東皇甫謐高士傳曰人或牛暴寧田者寧爲牽牛著涼處自飲食也

和伏武昌登孫權故城一首五言徐勉伏曼容墓誌序曰曼容爲大司馬諮議參軍出爲武昌太守

謝玄暉

炎靈遺劒璽當塗駭龍戰炎靈謂漢也典引曰蓄炎上之烈精漢儀禮志曰皇太子即位中黃門以斬蛇寶劒授異苑曰晉惠帝元康三年武庫火燒漢高斬白蛇劒吳書曰初黃門張讓等作亂劫天子出奔尚璽投井中春秋保乾圖曰漢以魏御當塗在世名行四方獻帝紀太史丞許芝奏故白馬令李雲上事曰許昌氣見於當塗高當塗高者魏也象魏者兩觀闕是也當道而高大者魏也當代漢周易曰龍戰于

野其血玄黃聖期缺中壞霸功興寓縣論衡曰孟子云五百年有王者興五百年者以爲天出聖期也桓譚陳便宜曰所謂霸功者法度明正百官脩治威令流行者也蒼頡篇曰宇邊也説文曰寓籀文宇字也鵾起登吴山鳳翔陵楚甸莊子曰鵾上城之垝巢於高榆之顛城壞巢折陵風而起故君子之居時也得時則義行失時則鵾起司馬彪曰垝最高危限之處也起飛也東都賦曰龍飛白水鳳翔參墟孫氏初基武昌後都建鄴故云吴山楚甸也垝居毁切衿帶窮巖險帷帟盡謀選西京賦曰巖險周固衿帶易守漢書高祖曰運籌策於帷帳之中左氏傳蔿啓疆曰趙成中行吴皆諸侯之選也鄭玄毛詩箋曰選者謂於倫等之中最上也北拒溺驂鑣西龕龍收組練比拒謂禦曹操西龕龍謂敗劉備也春秋感精符曰強傑並侵戰兵雷合龍門溺驂宋均曰龍門魯地名也時齊與宋鄭戰敗相殺血溺驂馬尚書序曰西伯戡黎孔安國曰戡勝也龕與戡音義同左氏傳曰組甲三百被練三千馬融曰組甲以組爲甲被練爲甲裏也江海既無波俯仰流英

盼禮斗威儀曰其君乘木而王其政象平則江海不揚波好色賦曰竊視盼裘冕類禋郊卜周禮曰王祀昊天上帝則服大裘而冕祀五帝亦如之又曰兆五帝於四郊四類亦如之孔安國尚書傳曰類事類也又曰精意以享曰禋毛詩曰卜云其吉終焉然允臧毛萇曰凡建國必卜之毛詩曰揆之以日作爲楚室毛萇曰揆度也度日出日入以知西東視定北準極以正南北毛萇詩傳曰崇立也西都揆崇離殿賦曰外則離殿別寢釣臺臨講閱樊山開廣讌吳志曰孫權於武昌臨釣臺飲酒大歡國語號文公曰一時講武公羊傳曰大閱者何簡車馬也水經曰武昌郡治城南有袁山即樊山也北背大江江上有釣臺顏延年釋奠詩曰即宮廣讌文物共葳蕤聲明且葱蒨左氏傳臧哀伯曰夫德儉而有度文物以紀之聲明以發之三光厭分景書軌欲同薦三國名臣頌曰三光參分宇宙暫隔禮記子曰今天下車同軌書同文杜預左氏傳注曰薦獻也參差世祀忽寂漠市朝變魏都賦曰非有期乎世祀忽謂忽忽然而去也古出夏北門行曰市朝易

人千載墓平舞館識餘基歌梁想遺轉蕪城賦曰歌堂舞閣之基西征賦曰覓陛
殿之餘基歌有繞梁故曰歌梁淮南子曰秦楚
燕趙之歌也異轉而皆樂高誘曰轉音聲也故林衰
木平荒池秋草徧雄圖悵若茲茂宰深遐睠茂宰謂伏武昌也言
孫氏雄圖悵然如此
伏氏感之而深遠睠幽客滯江皐從賞乖纓弁幽客眺自謂也
言從賞而乖纓弁遊也楚辭曰朝
馳騁兮江皐王逸注曰澤曲曰皐清卮阻獻酬良書限聞見
良書謂伏詩也鄭玄禮記注曰卮酒器也毛詩曰獻酬
交錯墨子曰墨子獻書惠王王受而讀之曰良書也
幸籍芳音多承風采餘絢楚辭曰聞赤松之清塵願承風之遺則馬融論語注曰絢文貌
也于役儻有期鄂渚同游衍毛詩曰君子于役不知其期楚辭曰乘鄂渚而反顧兮王
逸注曰鄂渚地名也毛詩曰昊天曰旦及爾遊衍毛萇
曰遊行也衍溢也鄭玄曰常與汝入往遊溢相從也

和王著作八公山一首五言淮南子曰淮南王安養士數千人中有高

才八人蘇非李上左吴陳由伍被雷被
毛被晋昌爲八公神仙傳曰雷被誣告
安謀反人告公曰安可以去矣乃與登
山即日升天八公與安所踐石上之馬
跡存焉

謝玄暉

二別阻漢坻雙崤望河澳左氏傳曰吴子伐楚子常乃濟漢而陣自小別至于大別穀有二陵已見西征賦爾雅曰小沚曰泜又曰澳隈也兹嶺復巑岏分區奠淮服字林曰巑岏銳山也潘岳贈陸機詩曰區域以分孔安國尚書傳曰奠定也東限琅邪臺西距孟諸陸山海經曰琅邪臺在渤海間琅邪之東孔安國尚書傳曰距至也周禮曰正東曰青州其藪曰孟諸爾雅曰宋有孟諸郭璞曰今在梁國睢陽縣東北然孟諸澤在入公山東而云西距者謂澤西距山以避上文耳謂山在澤東是也仟眠起雜樹檀欒蔭脩竹楚辭曰遠望兮仟眠枚乘兎園賦曰脩竹檀欒夾池水日隱澗凝空雲聚岫如複出没眺樓雉

遠近送春目王肅家語注曰高丈長曰堵三堵曰雉呂氏春秋曰客出田騈送之以目戎州昔亂華素景淪伊穀亂華謂苻堅也左氏傳曰衛侯登城以望見戎州公曰我姬姓也何戎之有焉又孔子曰裔不謀夏夷不亂華素景謂晉也干寶搜神記曰金者晉之行也漢書曰穀水出穀陽谷東北入洛也伊水已見上文阽危賴宗衮微管寄明牧宗衮謝安也明牧謝玄也晉中興書曰時盜賊強盛浸寇無已朝議求文武良將可以鎮北方者衛將軍謝安曰唯兄子玄可堪此任於是拜建武將軍兗州刺史領廣陵相監江北諸軍事漢書賈誼上書曰安有天下阽危者若是臣瓚曰臨危曰阽或曰阽屋檐也論語子曰微管仲吾其被髮左袵矣長蛇固能翦奔鯨自此曝八公山謝玄敗苻堅之處也長蛇喻融奔鯨喻堅也羣謝錄曰玄領徐州苻堅傾國大出玄爲前鋒射傷苻堅陣殺苻融左氏傳申苞胥如秦乞師曰吳爲封豕長蛇以荐食上國又楚子曰古者明王伐不敬取其鯨鯢而封以爲大戮杜預曰鯨鯢大魚名以喻不義之人吞食小國也道峻芳塵流業遥

年運儵陸機大暮賦曰播芳塵之馥馥莊子老耼曰予年運而往矣將何以戒我乎平生仰
令圖吁嗟命不淑平生眺自謂也左氏傳汝叔齊曰君子能知其過必有令圖令圖天贊也薛君韓詩章句曰吁嗟歎辭也毛詩曰子之不淑楊泉五湖賦曰厎功定績蓋寓令圖不淑已見嵇康幽憤詩
浩蕩別親知連翩戒征軸楚辭曰志浩蕩而傷懷思玄賦曰續連翩兮紛暗曖再
遠館娃宮兩去河陽谷方言曰吳有館娃之宮石崇思歸引序曰肥遯於河陽別業
風煙四時犯霜雨朝夜沐曹植亟出行曰蒙霧犯風塵淮南子曰禹沐淫雨櫛疾風高誘曰以雨爲沐浴也以疾風爲梳篦也魏書公令曰沐浴霜露二十餘年春秀良已凋秋場
庶能築孫子曰秋霜被不凋其秀毛詩曰九月築場圃

和徐都曹一首五言集云和徐都曹勉昧旦出新渚　謝玄暉

宛洛佳遨游春色滿皇州古詩曰驅車策駑馬游戲宛與洛鮑昭結客少年場曰表

裏望皇州結軫青郊路迴瞰蒼江流楚辭曰結余軫於西山周禮曰東方謂之青蜀都賦曰列綺踈以瞰江日華川上動風光草際浮日華已見上文楚辭曰光風轉蕙汎崇蘭王逸注曰光風謂日出而風草木有光色也桃李成蹊逕桑榆陰道周班固漢書贊曰諺曰桃李不言下自成蹊楚辭曰鳴鳩棲於桑榆毛詩曰有杕之杜生于道周毛萇曰周曲也東都已俶載言歸望綠疇毛詩曰以我覃耜俶載南畝毛萇曰覃利也王肅曰俶始也載事也言用我之利始事於南畝也毛詩曰言旋言歸賈逵國語注曰一井爲疇

和王主簿怨情一首五言集云王主簿名季哲

謝玄暉

掖庭聘絕國長門失歡宴漢書元紀曰賜單于待詔掖庭王廧爲閼氏應劭曰名廧小字昭君娶女曰聘據單于而言也琴道雍門周曰一赴絕國掖庭王昭君所居也長門陳皇后所居也南都賦曰

接歡宴於日夜相逢詠蘪蕪辭寵悲班扇古樂府詩曰上山採蘪蕪下山逢故夫班婕妤怨詩曰新製齊紈素鮮絜如霜雪裁爲合歡扇團團似明月花叢亂數蝶風簾入雙燕徒使春帶賒坐惜紅粧變賒緩也生平一顧重宿昔千金賤鄭玄毛詩箋曰顧迴首也列女傳曰楚成鄭子瞀者楚成王之夫人也初成王登臺子瞀不顧故王曰顧吾與女千金子瞀遂行不顧曹植詩曰一顧千金重何必珠玉錢阮籍詠懷詩曰宿昔同衾裳人心尚爾故人心不見古樂府曰相去萬餘里故人心尚爾鄭玄毛詩箋曰尚猶也字書曰爾詞也

和謝宣城一首

五言集云謝宣城朓卧疾

沈休文

王喬飛鳧舄東方金馬門從宦非宦侶避世不避喧范曄

後漢書曰王喬者河東人也顯宗時爲葉令喬有神術
每月朔望自縣詣臺朝帝怪其來數而不見車騎密令
太史伺望之言其臨至輒有雙鳧東南飛來於是伺鳧
至舉羅張之但得一雙舄焉乃詔尚方診視則四年中
所賜尚書官屬履也史記曰武帝時齊人有東方生名
朔時坐席中酒酣據地歌曰陸沈於俗避世金馬門
揆余發皇鑒短翮屢飛飜楚辭曰皇鑒揆予于初度丁儀周成王論曰振短翮與鸞鳳並翔晨趨朝建禮晚沐卧郊園漢書典職曰尚書郎晝夜更直於建禮門內沐休沐也賓至下塵榻憂來命緑樽謝承後漢書曰徐稺字孺子豫章人屢辟公府不起時陳蕃爲太守以禮請署功曹稺不免之既謁而退蕃在郡不接賓唯稺來特設一榻去則懸之應休璉與曹長思書曰紅塵蔽於机榻傅玄雜詩曰机榻委塵埃漢書東方朔曰臣聞銷憂者莫若酒也昔賢
侔時雨今守馥蘭蓀字林曰侔齊等也孟子曰君子之所以教者五有如時雨化之者今守即眺也潘正叔贈河陽詩曰流聲馥秋蘭王逸楚辭注曰蓀香草名也神交疲夢寐路

遠隔思存列子曰夢有六候此六者皆魂神所交也莊子曰子綦曰其寐也魂交其覺也形開說文曰交會也毛詩曰雖則如雲匪我思存牽拙謬東汜浮惰及西崐梁書曰隆昌中約出爲東陽太守明帝即位徵爲五兵尚書以日之早晏喻年之少老也牽拙牽率庸拙也東汜謂湯谷日之所出也浮惰浮名惰懈也西崐謂崦嵫日之所入也顧循良菲薄何以儷璵璠鄭玄毛詩箋曰顧念也楚辭曰質菲薄而無由馬融論語注曰菲薄也廣雅曰儷偶也左氏傳曰季平子卒陽虎將以璵璠斂杜預曰璵璠美玉也將隨渤澥去刷羽汎清源解嘲曰若江湖之雀渤澥之鳥吳都賦曰刷蕩漪瀾說文曰刷刮也劉公幹詩曰方塘含清源

應王中丞思遠詠月一首

五言蕭子顯齊書曰王思遠爲御史中丞

沈休文

月華臨靜夜夜靜滅氛埃魏明帝詩曰靜夜不能寐楚辭曰辟氛埃而清涼方

暉竟戸入圓影隙中來淮南子曰受光於隙照一隅受光於戸照室中無遺物况受光於宇宙乎説文曰隙壁際也

高樓切思婦西園游上才曹子建七哀詩曰明月照高樓流光正徘徊上有愁思婦悲歎有餘哀魏文帝芙蓉池詩曰乘輦夜行遊逍遥步西園丹霞夾明月華星出雲間

網軒映珠綴應門照緑苔楚辭曰網戸朱綴刻方連下云緑苔此當爲朱綴今並爲珠疑傳寫之誤漢書曰班婕妤自傷賦曰潛玄宮兮幽以清應門閉兮楚闥扃華殿塵兮玉陛苔中庭萋兮緑草生

洞房殊未曉清光信悠哉楚辭曰姱容脩態亘洞房毛萇詩傳曰悠遠貌也

冬節後至丞相第詣世子車中一首五言蕭子顯齊書曰豫章王嶷太祖第三子也薨贈丞相揚州牧長子廉字景蔼爲世子蔡邕獨斷曰諸侯適子稱世子

沈休文

廉公失權勢門館有虛盈史記曰廉頗失勢之時故客盡去及復爲將又復至王符潛夫論曰昔魏其之客流於武安長平之利移於冠軍廉頗翟公再盈再虛貴賤猶如此況乃曲池平漢書曰下邽翟公爲廷尉賓客亦填門及廢門外可設雀羅後爲廷尉客欲往翟公大署其門曰一貴一賤交情乃見桓子新論雍門周說孟嘗君曰千秋萬歲後高臺既已傾曲池又以平高車塵未滅珠履故餘聲漢書曰于定國父于公閭門壞父老方共治之于公謂之曰少高大閭門令容駟馬高蓋說文曰高車其蓋高立載之車也史記曰春申君上客皆躡珠履賓階綠錢滿客位紫苔生家語曰公自阼階孔子由賓階升堂立侍又曰醮於客位加其有成也崔豹古今注曰空室無人行則生苔蘚或青或紫一名綠錢禮記曰主人就東階客就西階又曰殯於客位祖於庭誰當九原上鬱鬱望佳城禮記趙文子曰以從先大夫於九原鄭玄曰晉卿大夫之墓地在九原西京雜記曰滕公駕至東都門馬鳴跼不肯前皆以前脚跼地久之滕公懼使卒掘馬所跼地入

三尺所得石槨有銘焉銘曰佳城鬱鬱三千年見白日吁嗟滕公居此室滕公曰嗟乎天也吾其即安此乎遂葬焉漢書曰夏侯嬰號滕公也

學省愁卧一首 五言學省國學也梁書曰齊明帝即位約遷國子祭酒

沈休文

秋風吹廣陌，蕭瑟入南闈。廣雅曰陌道也

愁人掩軒卧，高窻時動扉。楚辭曰愁人兮奈何掩猶閉也軒長廊也

虛館清陰滿，神宇曖微微。謝靈運齋中詩曰虛館絶諍訟曹植九詠曰蔓葛滋兮冒神宇王逸楚辭注曰曖曖暗昧貌南都賦曰清廟肅以微微

網蟲垂戸織，夕鳥傍櫩飛。張景陽雜詩曰蜘蛛網戸牖魏文帝詩曰蜘蛛繞戸屋

纓珮空爲忝，江海事多違。爾雅曰忝辱也莊子曰就藪澤處閑曠此江海之士避世之人也廣雅曰違異也謂乖異也

山中有桂樹，歲暮可言歸。山中有桂樹即

攀桂枝而聊淹留也韓詩曰蟋蟀在堂歲聿其莫薛君曰莫晚也言君之年歲已晚也

詠湖中鴈一首 五言 沈休文

白水滿春塘旅鴈每迴翔劉公幹雜詠詩曰方塘含白水中有鳧與鴈謝靈運戲馬臺集詩曰旅鴈違霜雪楚辭曰孔雀兮迴翔穀梁傳曰掩禽旅范甯曰衆禽也唼流牽弱藻歛翮帶餘霜楚辭曰鳧鴈皆唼夫粱藻應瑒建章臺集詩曰遠行蒙霜雪羣浮動輕浪單汎逐孤光上林賦曰鴻鷫鵠鴇浮乎其上懸飛竟不下亂起未成行呂氏春秋曰羣鳥翔而不下白虎通曰鴈飛則乃成行刷羽同揺漾一舉還故鄉揺漾飛貌也韓詩外傳田饒曰黃鵠一舉千里烏孫公主歌曰願爲黃鵠兮歸故鄉

三月三日率爾成篇一首 五言 沈休文

麗日屬元巳年芳具在斯南都賦曰暮春之禊元巳之辰開花已匝樹

流嚶復滿枝洛陽繁華子長安輕薄兒阮籍詠懷詩曰昔日繁華子安陵與龍陽范睢後漢書曰李寶勸劉嘉且觀成敗光武聞告于鄧禹曰孝孫素謹當是長安輕薄兒誤之耳嘉字孝孫嚶於耕切東出千金堰西臨鴈鶩陂楊佺期洛陽記曰千金堰在洛陽城西去城三十五里堰上有穀水塢朱超石與兄書曰千金堤舊堰穀水魏時更脩謂之千金塢廣雅曰堰潛堰也謂潛築土以壅水也一作堨音堨塢烏古切堰一建切然三字義同而音則異也漢宮殿疏曰長安有鴈鶩陂承昆明下流也游絲映空轉高楊拂地垂緑幘文照耀紫燕光陸離漢書曰董偃與母以賣珠爲事隨母入館陶公主家因留第中偃謁上緑幘傳韝毛萇詩傳曰日出照耀紫燕巳見赭白馬賦楚辭曰玉珮兮陸離清晨戲伊水薄暮宿蘭池曹子建名都篇曰清晨復來還楚辭曰薄暮雷電歸何憂廣雅曰薄至也漢書曰渭城有蘭池宮象筵鳴寶瑟金瓶汎羽巵吴都賦曰桃笙象簟韜於筒中漢書曰芬何羅行觸寶瑟瓶酒器也古樂

府詞曰金瓶素綆汲寒漿羽卮即羽觴也楚辭曰瑤漿密勺實羽觴寧憶春蠶起日暮桑欲萎枚乘兎園賦曰桑萎蠶飢中人望奈何長袂屢以拂彫胡方自炊楚辭曰長袂拂面善留客宋玉諷賦曰主人之女爲臣炊彫胡之飯露葵之羹來勸臣食鄭玄毛詩箋曰方且也愛而不可見宿昔減容儀毛詩曰愛而不見且當忘情去歎息獨何爲公孫尼子曰衆人役物而忘情郭象論曰忘情於無有之域曹子建贈白馬王詩曰太息將何爲

雜擬上

擬古詩十二首　陸士衡

擬行行重行行

悠悠行邁遠戚戚憂思深此思亦何思思君徽與音音徽日夜離緬邈若飛沈王鮪懷河岫晨風思北林王鮪已見

東京賦晨風已見上文遊子眇天末還期不可尋驚飈褰反信歸雲難寄音楚辭曰願寄言於浮雲兮遇豐隆而不將佇立想萬里沈憂萃我心攬衣有餘帶循形不盈衿去去遺情累安處撫清琴

擬今日良宴會

閑夜命歡友置酒迎風館迎風已見西京賦齊僮梁甫吟秦娥張女彈南都賦曰齊僮唱兮列趙女蔡邕琴頌曰梁甫悲吟周公越裳琴操曰曾子耕泰山之下天雨雪凍旬月不得歸思其父母作梁山歌應瑒神女賦曰夏姬曾不足以供妾御況秦娥與吳娃方言曰秦俗美皃謂之娥張女彈已見笙賦哀音繞棟宇遺響入雲漢列子秦青曰昔韓娥東之齊鬻歌假食既去而餘響繞梁三日不絕又曰薛談學謳於秦青辭歸青餞於郊衢撫節悲歌聲振林木響過

行雲張湛曰三人薛秦韓之善歌者也四坐咸同志羽觴不可筭高談一何綺蔚若朝霞爛霞或爲華人生無幾何爲樂常苦晏秦嘉苔婦詩曰憂艱常早至爲樂常苦晚譬彼伺晨鳥揚聲當及旦尸子曰使雞伺晨春秋考異郵曰鶴知夜半雞應旦明明與鳴同古字通曷爲恒憂苦守此貧與賤列子曰卑辱則憂苦

擬迢迢牽牛星

昭昭清漢暉粲粲光天步晏子春秋曰星之昭昭不如月之曖曖毛萇詩傳曰粲粲鮮盛也步行也言行止之盛儀步而光耀於天牽牛西北迴織女東南顧大戴禮夏小正曰七月初昏織女正東而向華容一何治揮手如振素治或爲綺非也怨彼河無梁悲此年歲暮跂彼無良緣睆焉不得度跂彼

（巳見上毛詩曰睆彼牽牛）引領望大川雙涕如霑露

擬涉江采芙蓉

上山采瓊蘂穹谷饒芳蘭采采不盈掬悠悠懷所歡（毛詩曰終朝采綠不盈一掬）故鄉一何曠山川阻且難沈思鍾萬里躑躅獨吟歎

擬青青河畔草

靡靡江離草熠燿生河側（江離巳見子虛賦）皎皎彼姝女阿那當軒織粲粲妖容姿灼灼美顏色良人游不歸偏棲獨隻翼空房來悲風中夜起歎息

擬明月何皎皎

安寢北堂上明月入我牖照之有餘暉攬之不盈手淮南子曰天地之間巧歷不能舉其數手徵惚恍不能攬其光也高誘曰天道廣大手雖能微其惚恍無形者不能攬得日月之光也涼風繞曲房寒蟬鳴高柳踟躕感節物我行永巳久游宦會無成離思難常守

擬蘭若生朝陽

嘉樹生朝陽凝霜封其條執心守時信歲寒終不彫美人何其曠灼灼在雲霄枚乘樂府詩曰美人在雲端天路隔無期隆想彌年月長嘯入飛飈引領望天末譬彼向陽翹

擬青青陵上栢

冉冉高陵蘋習習隨風翰山海經曰崐崘之丘有草名曰蕡如葵字書曰蕡亦蘋字

也人生當幾何譬彼濁水瀾言濁水之波易竭也戚戚多滯念置酒宴所歡方駕振飛轡遠遊入長安名都一何綺城闕鬱盤桓史記曰公仲謂韓王曰不如和秦賂以一名都飛閣纓虹帶曾臺冒雲冠虹帶已見吳都賦虹或爲垂非也高門羅北闕甲第椒與蘭西京賦曰北闕甲第當道直啓椒蘭蓋取其嘉名且芬香也俠客控絶景都人驂玉軒列子曰晉范氏有子曰子華善養私名使其俠客以鄙相攻魏書曰張繡降而復反上所乘馬名絶景爲流矢所中都人已見上國語叔向曰絳之富商而能金玉其車遨遊放情願慷慨爲誰歎

擬東城一何高

西山何其峻曾曲鬱崔嵬零露彌天墜蕙葉憑林衰尚書五行傳曰雲起於山彌於天寒暑相因襲時逝忽如頹三閭結飛

戀大臺嗟落暉離騷引曰屈原者爲三閭大夫離騷曰飲余馬乎咸池總余轡於扶桑周易曰日昃之離不鼓缶而歌則大耋之嗟凶曷爲牽世務中心若有違毛詩曰行道遲遲中心有違京洛多妖麗玉顏侔瓊蕤古詩曰燕趙多佳人美者顏如玉閑夜撫鳴琴惠音清且悲長歌赴促節哀響逐高徽一唱萬夫歎再唱梁塵飛七略曰漢興魯人虞公善雅歌發聲盡動梁上塵思爲河曲鳥雙游豐水湄

擬西北有高樓

高樓一何峻苕苕峻而安綺窻出塵冥飛陛躡雲端綺牕飛陛已見上文佳人撫琴瑟纖手清且閑芳氣隨風結哀響馥若蘭玉容誰得顧傾城在一彈玉容傾城並已見上佇立望日昃

躑躅再三歎不怨佇立久但願歌者歡思駕歸鴻羽比翼雙飛翰

擬庭中有奇樹

歡友蘭時往苕苕匿音徽虞淵引絕景四節逝若飛虞淵已見上文芳草久已茂佳人竟不歸躑躅遵林渚惠風入我懷感物戀所歡采此欲貽誰

擬明月皎夜光

歲暮涼風發昊天肅明明招摇西北指天漢東南傾呂氏春秋曰季秋之月招摇指戌大戴禮夏小正曰七月漢案戶漢天漢也漢案戶者直戶也李陵詩曰招摇西北馳天漢東南流朗月照閑房蟋蟀吟戶庭翻翻歸鴈集嘒嘒

寒蟬鳴歸鴈已見鵾鷄賦嘒嘒已見秋興賦寒蟬已見上文疇昔同宴友翰飛戾高冥毛詩曰匪鶉匪鳶翰飛戾天高冥已見齊謳行服美改聲聽居愉遺舊情織女無機杼大梁不架楹言有名無實也織女已見上爾雅曰大梁昴也

擬四愁詩一首　七言　張孟陽

我所思兮在營州欲往從之路阻脩登崖遠望涕泗流

我之懷矣心傷憂佳人遺我緑綺琴何以贈之雙南金傅玄琴賦序曰齊桓公有鳴琴曰號鍾楚莊有鳴琴曰繞梁中世司馬相如有緑綺蔡邕有燋尾皆名琴也

願因流波超重深終然莫致增永吟

擬古詩一首　五言　陶淵明

日暮天無雲春風扇微和佳人美清夜達曙酣且歌尚書

日酣歌于室歌竟長歎息持此感人多明明雲間月灼灼葉中花豈無一時好不久當如何

擬魏太子鄴中集詩八首 五言并序 謝靈運

建安末余時在鄴宮朝遊夕讌究歡愉之極天下良辰美景賞心樂事四者難并今昆弟友朋二三諸彥共盡之矣古來此娛書籍未見何者楚襄王時有宋玉唐景梁孝王時有鄒枚嚴馬遊者美矣而其主不文漢書曰梁孝王來朝從遊說之士齊人鄒陽淮陰枚乘吳莊忌夫子之徒司馬相如見而悅之客遊梁漢武帝徐樂諸才徐樂已見別賦備應對之能而雄猜多忌豈獲晤言之適晤言已見上文不誣方將庶必賢於今日爾歲月如流零落

將盡撰文懷人感往增愴魏文帝與吴質書曰撰其遺文都爲一集其辭曰

魏太子

百川赴巨海衆星環北辰百川北辰已見上文照灼爛霄漢遥裔起長津天地中横潰家王拯生民横潰以水喻亂也家王謂魏太祖也陳思行女哀辭曰家王征蜀漢司馬相如難蜀文曰拯生民於沈溺説文曰出溺爲拯區宇既滌蕩羣英必來臻東京賦曰區寓乂寧謝承後漢書曰黄向對策爲羣英之表忝此欽賢性由來常懷仁況值衆君子傾心隆日新論物靡浮説析理實敷陳莊子曰判天地之美析萬物之理羅縷豈闕辭窈窕究天人王延壽王孫賦曰羌難得而羅縷羅或爲覼天人已見應吉甫華林園詩澄觴滿金罍連榻設華茵急絃動飛聽清歌拂梁塵侯瑾箏賦曰急絃促柱變調改曲抱

朴子曰瓠巴操琴翔禽爲之下聽梁塵已見陸機擬東城一何高詩何言相遇易此歡信可珍

王粲

家本秦川貴公子孫遭亂流寓自傷情多

幽厲昔崩亂桓靈今板蕩幽厲周二王也桓靈後漢二帝也已見上毛詩曰上帝版版鄭玄曰版反也反先王之道也毛詩曰蕩蕩上帝鄭玄曰蕩蕩法度廢壞之貌伊洛既燎煙函崤没無像曹子建送應氏詩曰洛陽何寂寞宫室盡燒焚王粲七哀詩曰西京亂無像整裝辭秦川秣馬赴楚壤王粲七哀詩曰復弃中國去遠身適荆蠻魏明帝自惜薄祐行曰出身秦川爰居伊洛沮漳自可美客心非外奬沮漳已見登樓賦小雅曰奬勸也常歎詩人言式微何由往式微已見曹子建情詩上宰奉皇靈

侯伯咸宗長上宰魏太祖也東道彥雜詩曰天子命上宰雲騎亂漢南紀郢皆掃盪王肅格虎賦曰羽騎雲布蘭車星陳漢書曰郢楚別邑紀見下文排霧屬盛明披雲對清朗盛明清朗喻太祖也王隱晉書曰樂廣爲尚書令衛瓘見而奇之命諸子造焉曰每見此人瑩然若開雲霧之覩青天阮瑀謝太祖牋曰一得披玄雲望白日唯力是視敢有二心慶泰欲重疊公子特先賞公子謂曹植也不謂息肩願一旦值明兩息肩已見東京賦明兩謂文帝也明兩已見謝宣遠張子房詩並載遊鄴京方舟汎河廣魏文帝與吳質書曰同乘並載以遊後園綢繆清讌娛寂寥梁棟響陸機集有皇太子清宴詩梁棟響則歌聲繞也已見陸機擬今日良宴會詩既作長夜飲豈顧乘日養史記曰紂爲長夜之飲乘日已見上廣雅曰養樂也

陳琳

袁本初書記之士故述喪亂事多

皇漢逢屯邅天下遭氛慝西都賓曰皇漢之初經營也屯如邅如已見上董氏淪關西袁家擁河北董卓袁紹並已見上文單民易周章窘身就羈勒豈意事乖己永懷戀故國相公實勤王信能定蝥賊相公魏太祖也王仲宣從軍詩曰相公征關右勤王已見西征賦左氏傳王使富辛如晉曰諸侯用寧蝥賊遠屏晉之力也杜預曰蝥賊喻災害也食根曰蝥食節曰賊復覩東都輝重見漢朝則已見謝玄暉始出尚書省詩餘生幸已多矧迺值明德愛客不告疲飲讌遺景刻曹子建公讌詩曰公子敬愛客終讌不知疲刻漏刻也夜聽極星闌朝遊窮曛黑毛詩曰子興視夜明星有爛曛已見上哀哇動梁埃急觴盪幽默法言曰哇則鄭李軌曰哇邪也梁塵已見上張敏神女賦曰既澹泊於幽默楊覺寐而中

驚且盡一日娯莫知古來惑范曄後漢書曰楊秉嘗從容言曰我有三不惑酒色財也

徐幹

少無宦情有箕頴之心事故仕世多素辭國語栢公問於史伯曰王室多故余懼及焉

伊昔家臨淄提攜弄齊瑟臨淄已見魏都賦置酒飲膠東淹留憩高密漢書膠東國故齊高帝別爲國又曰高密國故齊宣帝更爲高密國此歡謂可終外物始難畢莊子曰外物不可必故龍逄比干僇焉搖蕩箕濮情窮年迫憂慄箕山許由所隱也濮濮水莊周所釣也莊子季徹曰搖蕩人心又曰憂慄乎廟堂之上末塗幸休明棲集建薄質已免負薪苦仍游椒蘭室禮記曰君

使士射不能則辭以疾言曰某有負薪之憂大戴禮曰與君子遊苾乎如入蘭芷之室久而不聞則與之化矣陸機詩曰甲第椒與蘭清論事究萬美話信非一曹植四言詩曰高談虛論問彼道原話已見秋興賦行觴奏悲歌永夜繫白日魏文帝與吳質書曰白日既匿繼以朗月華屋非蓬居時髦豈余匹華屋已見陸韓卿贈顧希叔詩髦士已見上文中飲顧昔心悵焉若有失說苑曰晉靈公欲殺趙宣孟而飲之酒宣孟知之中飲而出淮南子曰悵然有喪漢書曰戴良見黃憲及歸罔然若有失

劉楨

卓犖偏人而文最有氣所得頗經奇潘勗方達賦曰匪偏人之自韙訴諸衷於來哲

貧居晏里閈少小長東平漢書泰山郡有東平縣音義曰泰山郡屬兖州河兖

當衢要淪飄薄許京〔謝承後漢書李燮曰涼州天下要衝〕廣川無逆流招納厠群英〔管子曰善爲君者宜法江海江海不逆細流故爲百谷長羣英已見擬太子詩〕北渡黎陽津南登紀郢城〔漢書音義臣瓚曰黎陽在魏郡伏滔北征記曰黎陽津名也杜預左氏傳注曰楚國今南郡江陵縣北紀南城也〕既覽古今事頗識治亂情歡友相解達敷奏究平生〔解達言相談說而進達也方言曰解說也〕矧荷明哲顧知深覺命輕〔王逸晉書孔坦表曰士死知遇恩令命輕〕朝遊牛羊下暮坐括揭鳴〔毛詩曰雞棲于桀日之夕矣牛羊下括毛萇曰雞棲於杙爲桀括至也桀與揭音義同〕終歲非一日傳巵弄新聲辰事既難諧歡願如今并唯羨肅肅翰繽紛戾高冥

應瑒

汝潁之士流離世故頗有飄薄之歎

噭噭雲中鴈舉翮自委羽毛詩曰鴻鴈于飛哀鳴嗷嗷淮南子曰燭龍在鴈門北第于委羽之山不見日高誘曰第至也委羽北方山名也求涼弱水湄違寒長沙渚成公綏鴈賦曰濵弱水之陰岸弱水巳見上列子曰禽獸之智違寒就温漢書曰長沙國屬荆州然則彭蠡之所在顧我梁川時緩步集潁許漢書曰汝南潁川皆魏分也魏徙大梁故魏一號爲梁一旦逢世難淪薄恒羈旅天下昔未定託身早得所官度廁一卒烏林預艱阻魏志曰公還軍官渡袁紹進臨官渡公斬淳于瓊等紹衆大潰漢書音義文穎曰於滎陽下引河東爲鴻溝即今官渡水也盛弘之荆州記曰蒲沂縣沿江一百里南岸名赤壁周瑜黄蓋此乗大艦上破魏武兵於烏林烏林赤壁其東西一百六十里晚節值衆賢會同庇天宇列坐廕華榱金樽盈清醑馬融樗蒲賦曰坐華榱之高殿

臨激水之清流金樽清醑並已見上始奏延露曲繼以闌夕語延露已見上調笑輾酬荅嘲謔無慙沮傾軀無遺慮在心良已敘

阮瑀

管書記之任有優渥之言

河洲多沙塵風悲黃雲起繁欽述行賦曰芒芒河濱實多沙塵古詩曰白楊多悲風淮南子曰黃泉之埃上爲黃雲金羈相馳逐聯翩何窮已說文曰羈馬絡頭也慶雲惠優渥微薄攀多士慶雲喻太祖也王逸楚辭注曰慶雲喻尊顯也念昔渤海時南皮戲清沚漢書渤海郡南皮縣魏文帝與吳質書曰每念昔日南皮之遊誠不可忘今復河曲游鳴葭泛蘭汜魏文帝與吳質書曰時駕而遊北遵河曲從者鳴笳以啓路文學託乘於後車躧步陵丹梯並坐侍君子躧步並坐並已見上丹梯丹墀也

姸談既愉心哀弄信睦耳魏文帝與吳質書曰高談娛心哀箏順耳傾酤係芳醑酌言豈終始毛詩曰君子有酒酌言嘗之自從食蓱來唯見今日美毛詩曰呦呦鹿鳴食野之苹毛萇曰苹蓱也

平原侯植

公子不及世事但美遨游然頗有憂生之嗟

朝游登鳳閣日暮集華沼傾柯引弱枝攀條摘蕙草徙倚窮騁望目極盡所討楚辭曰白蘋兮騁望又曰目極千里西顧太行山北眺邯鄲道太行已見上漢書曰文帝指慎夫人新豐道曰此走邯鄲道也平衢脩且直白楊信褭褭褭褭風搖木貌副君命飲宴歡娛寫懷抱副君謂文帝也漢書疏廣曰太子國儲副君也良游匪晝夜豈云晚與早衆賓

悉精妙清辭灑蘭藻哀音下迴鵠餘哇徹清昊下迴鵠謂師曠也徹清昊謂秦青也並已見上文中山不知醉飲德方覺飽中山有美酒已見魏都賦毛詩曰既醉以酒既飽以德願以黃髮期養生念將老左氏傳隱公曰使營菟裘吾將老焉菟音塗

文選卷第三十

賜進士出身通奉大夫江南蘇松常鎮太等處承宣布政使司布政使胡克家重校刊

文選卷第三十一

梁昭明太子撰

文林郎守太子右內率府録事參軍事崇賢館直學士臣李善注上

雜擬下

袁陽源効白馬篇一首

効古一首　劉休玄擬古二首

王僧達和琅邪王依古一首

鮑明遠擬古三首　學劉公幹體一首

代君子有所思一首　范彥龍効古一首

江文通雜體詩三十首

効曹子建樂府白馬篇一首 五言　袁陽源

孫巖宋書曰袁淑字陽源陳郡人少好屬文彭城王起爲祭酒後遷至左衛率凶劭當行篡逆淑諫見害

劒騎何翩翩長安五陵閒史記曰游閑公子飾冠劒連車騎西京賦曰南望杜灞北眺五陵秦地天下樞八方湊才賢戰國策范子見秦王曰今韓魏天下之樞也高誘曰樞要也河圖龍文曰鎮星光明八方歸德賈逵國語注曰湊聚也荆魏多壯士宛洛富少年呂氏春秋客有語周昭文君曰魏氏人張儀壯士也王逸茘支賦曰宛洛少年邯鄲遊士意氣深自負肯事郡邑權謝承後漢書曰楊喬曰侯生爲意氣刎頸漢書曰郭解姊子負解之勢應劭曰負恃也班固漢書游俠傳贊曰郡國豪傑處處各有又郭解曰奈何從他縣奪人邑賢大夫權也籍籍關外來車徒傾國鄽籍籍關外來謂被從閑中也車徒傾國鄽從者之多

也漢書武帝曰事籍籍如此鄭玄礼記注曰鄽市物邸舍也今云鄽以明市也五侯競書幣羣公亟爲言漢書曰樓護字君卿爲京兆史王氏五侯兄弟爭名護盡入其門咸得懽心五侯已見鮑明遠數詩古人相遺幣必書之於刺故曰書幣戰國策秦王謂趙使涼穀曰吾所使趙國者小大皆聽吾言則受書幣漢書曰郭解河內軹人自喜爲俠及從豪茂陵衛將軍爲言解家貧不中徙上曰布衣權至使將軍此其家不貧解徙諸公送出者千餘義分明於霜信行直如弦義分則分義也孫卿子曰礼樂則脩分義則明仲長子昌言曰絜若清冰嚴若秋霜應劭風俗通曰順帝之末京師謠曰直如弦死道邊曲如鉤反封侯交歡池陽下留宴汾陰西漢書曰郭解入關中賢豪爭交歡又曰左馮翊有池陽縣河東郡有汾陰縣漢書曰酤留飲食也西音先協韻也一朝許人諾何能坐相捐諾相然許之辭也老子曰輕諾者必寡信廣雅曰諾應也彯節去函谷投珮出甘泉公羊傳曰曹子摽劍而去之劉兆曰摽辟也彯與摽字同孚堯切嘵此務遠

圖心爲四海懸左氏傳榮成伯曰遠圖者忠也莊子曰心若懸於天地之間郭象曰所希企者高而闊也但營身意遂豈校耳目前列子楊朱曰慎耳目之觀聽惜身意之是非失當年之至樂不得自肆於一時聲類曰遂從意也嵇康養生論曰嗜好常在耳目之前也俠烈良有聞古來共知然漢書曰楚田仲以俠聞傳暢晉諸公賛曰劉希彭俠烈有才用也

效古一首五言　袁陽源

訊此倦遊士本家自遼東訊猶問也漢書曰司馬長卿故倦游又曰有遼東郡也昔隸李將軍十載事西戎將軍李廣也西戎匈奴也毛詩序曰備其兵甲以討西戎也結車高闕下極望見雲中莊子曰車軌結於千里之外高誘呂氏春秋注曰結交也漢書曰將軍衛青至高闕臣瓚注曰山名也七發曰極望成林漢書有雲中郡秦置也四面各千里從横起嚴風陸機從軍行曰涼風嚴且苛寒燠豈如節霜雨多

異同毛詩傳曰燠煖也夕寐北河陰夢還甘泉宮史記曰秦惠王遊至北河徐廣曰戎地之河上穀梁傳曰水南曰陰勤役未云已壯年徒爲空迺知古時人所以悲轉蓬曹植雜詩曰轉蓬離本根飄飄隨長風類此客遊子捐軀遠從戎

擬古二首 五言

劉休玄 沈約宋書曰南平穆王鑠字休玄文帝第四子也少好學有文才元兇弒立以爲中軍將軍世祖入討歸世祖進侍中司空後以藥內食中毒殺之

擬行行重行行

眇眇陵長道遥遥行遠之楚詞曰路眇眇以默默廣雅曰眇眇遠也左氏傳童謡曰遠哉遥遥迴車背京里揮手從此辭古詩曰迴車駕言邁劉越石扶風歌曰揮手長相謝說文曰揮奮也蘇武詩曰去去從此辭堂上流塵生庭中緑草滋曹植曹仲

雍謀曰流塵飄蕩魂安歸寒螿翔水曲秋兎依山基淮南子曰兎走歸窟寒螿翔水各哀其所生高誘曰寒螿水鳥哀猶愛也芳年有華月佳人無還期魏文秋胡行曰朝與佳人期日夕殊不來日夕涼風起對酒長相思李陵贈蘇武詩曰遠望悲風至對酒不能酬悲發江南調憂委子襟詩古樂府江南辭曰江南可採蓮毛詩曰青青子襟悠悠我心臥覺明燈晦坐見輕紈緇陸機爲顧彥先贈婦詩曰京洛多風塵素衣化爲緇淚容不可飾幽鏡難復治曹植七哀詩曰膏沐誰爲容明鏡闇不治願垂薄暮景照妾桑榆時陸機塘上行曰願君廣末光照妾薄暮年日在桑榆以喻人之將老東觀漢記光武曰失之東隅收之桑榆

擬明月何皎皎

落宿半遥城浮雲藹曾闕鄭玄詩箋曰曾重也玉宇來清風羅帳

延秋月曹植芙蓉賦曰退潤玉宇進文帝庭羅帳羅帷也栢子新論雍門周說孟嘗君曰今君下羅帳來清風古詩曰明月何皎皎照我羅牀帷結思想伊人沈憂懷明發毛詩曰所謂伊人宋玉笛賦曰武毅發沈憂結毛詩曰明發不寐誰爲客行久屢見流芳歇潘岳悼亡詩曰流芳未及歇河廣川無梁山高路難越楚辭曰江河廣而無梁秦嘉妻徐氏荅嘉書曰高山巖巖而君是越斯亦難矣

和琅邪王依古一首　五言　王僧達

少年好馳俠旅宦遊關源既踐終古跡聊訊興亡言楚辭曰長無絕兮終古訊與信通易乾鑿度曰興亡殊方各有其祥隆周爲藪澤皇漢成山樊漢書楊雄河東賦曰眡隆周之大寧難蜀父老曰羅者猶視乎藪澤西都賓曰皇漢之初經營也莊子曰彭陽曰公閱休夏則休乎山樊者也毛萇詩傳曰樊藩也久沒離宮地安識壽陵園

甘泉賦曰往往離宮般以相燭張晏漢書注曰景帝作壽陵也又元帝詔曰徙民以奉園陵仲秋邊風起孤蓬卷霜根白日無精景黃沙千里昏顯軌莫殊轍幽塗豈異魂郭象注莊子曰待隱謂之死待顯謂之生廣雅曰軌道也陸機泰山吟曰幽塗延萬鬼神房集百靈聖賢良已矣抱命復何怨桓範世要論曰聖哲之人知有終之命必至之理不可以智力避列子曰怨年我逝不知命也

擬古三首 五言

鮑明遠

幽并重騎射少年好馳逐史記曰趙武靈王胡服以習騎射也七發曰馳騁角逐氈帶佩雙鞬象弧插彫服搜神記曰太康中以氈爲貊頭及帶身袴口魏志曰董卓有武力雙帶兩鞬左右馳射方言曰所以藏箭謂之服所以盛弓謂之鞬毛詩曰四牡翼翼象弭魚服鄭玄曰弭弓之末彆者以象骨爲之服矢服也鞬居言切獸肥春草短飛鞚越平陸魏文帝典

論曰弓燥手柔草淺獸肥埤蒼曰鞚馬勒鞚孫子曰平陸平處鞚口送切**朝遊鴈門上暮還**闞子曰宋景公

樓煩宿漢書曰鴈門郡有樓煩縣**石梁有餘勁驚雀無全目**

使工人爲弓九年乃成公曰何其遲也工人對曰臣不復見君矣臣之精盡於此弓矣獻弓而歸三日而死景公登虎圈之臺援弓東面而射之矢踰於西霜之山集于彭城之東其餘力逸勁猶飲羽于石梁帝王世紀曰帝羿有窮氏與吴賀北遊賀使羿射雀羿曰生之乎殺之乎賀曰射其左目羿引弓射之誤中右目羿抑首而媿終身不忘故羿之善射至今稱之**漢虜方未和邊城屢翻覆留我一白**

羽將以分虎竹白羽矢名國語曰吴素甲白羽之矰望之如荼漢舊儀曰郡國銅虎符三竹使符五也

魯客事楚王懷金襲丹素魯客假言楊子法言或曰使我紆朱懷金其樂可量也李軌曰金金印也司馬彪上林賦注曰襲服也毛詩曰素衣朱襮毛萇曰丹朱中衣也**既荷主人恩**

又蒙令尹顧主人謂君也王仲宣公讌詩曰顧我賢主人臣瓚漢書注曰諸侯之卿唯楚稱令尹
其餘國稱相也日晏罷朝歸鞍馬塞衢路宗黨生光華賓僕
遠傾慕富貴人所欲道德亦何懼論語曰富與貴是人之所欲不以其道得
之不處也南國有儒生迷方獨淪誤儒生自謂也漢書叔孫通曰弟子儒生隨臣久
矣莊子曰小惑易方郭象曰東西易方於禮未虧孔安國尚書傳曰誤謬也沈淪謬誤也伐木青江
湄設置守毚兎毛詩曰坎坎伐檀兮寘之河之干兮河水之清且漣漪兮又曰肅肅兎罝椓之
丁丁又曰趯趯毚兎遇犬獲之
十五諷詩書篇翰靡不通論語曰吾十有五而志於學韋昭漢書注曰翰筆也
弱冠叅多士飛步遊秦宮華覈與薛瑩詩曰存者今惟三飛步有四特側覩
君子論預見古人風魏志太祖謂毛玠曰君有古人之風兩說窮舌端五

車摧筆鋒兩說謂魯連說新垣衍及下聊城史記曰秦東圍邯鄲魏王使新垣衍入邯鄲說平原君尊秦昭王爲帝秦必罷兵去魯連聞之乃責垣衍新垣衍請出不敢言帝秦秦將聞之爲却五十里又曰田單攻聊城不下魯連乃爲書約之矢以射聊城中燕將得書自殺韓詩外傳曰避文士之筆端避武士之鋒端避辯士之舌端莊子曰惠施其書五車道踳駁也羞當白璧貺恥受聊城功韓詩外傳曰楚襄王遣使者持金千斤白璧百雙聘莊子以爲相莊子不許史記田單屠聊城歸而言魯連欲爵之魯連逃隱於海上也晚節從世務乘障遠和戎鄒陽上書曰至其晚節末路漢書曰嚴安上書言世務又曰帝使博士狄山乘鄣李奇曰乘守也左氏傳晉侯謂魏絳曰子教寡人和諸戎狄解佩襲犀渠卷衮奉盧弓國語曰奉文犀之渠尚書曰平王錫晉文侯盧弓十始願力不及安知今所終左氏傳周子曰孤始願不及此莊子曰苟爲不知其然也孰知其所終司馬彪曰誰知禍之所終者也

學劉公幹體一首　五言　鮑明遠

胡風吹朔雪千里度龍山范曄後漢書蔡琰詩曰處所多霜雪胡風春夏起楚辭曰增冰峨峨飛雪千里又曰北有寒山逴龍赩然王逸曰逴龍山名集君瑤臺裏飛舞兩楹前楚辭曰望瑤臺之偃蹇兮鄭玄禮記注曰兩楹之間人君聽治正坐之處兹辰自為美當避豔陽年神農本草曰春夏為陽豔陽桃李節皎潔不成妍呂氏春秋曰仲春之月桃李華

代君子有所思一首　五言　鮑明遠

西出登雀臺東下望雲闕鄴中記曰鄴城西北立臺名銅雀臺劉歆甘泉賦曰雲闕蔚之巖巖衆星接之嵦嵦層閣肅天居馳道直如髮王逸楚辭注曰層重也蔡雍述征賦曰皇家赫而天居漢書曰太子不敢絶馳道應劭曰天子之道毛詩曰彼君子女綢直如髮繡甍

結飛霞琁題納行月西京賦曰雕楹玉舄繡栭雲楣甘泉賦曰珍臺閒館琁題玉英築山擬蓬壺穿池類溟渤蓬壺二山名溟渤二海名選色遍齊代徵聲帀邛越齊代邛越四地名陳鍾陪夕讌笙歌待明發楚辭曰陳鍾按鼓造新歌魏文帝東門行曰朝遊高臺觀夕宴華池陰儀禮曰歌魚麗笙由庚明發已見上文年貌不可還身意會盈歡列子西門子謂東郭先生曰北宮子年貌言行與子並身意已見上文蟻壞漏山河絲淚毀金骨傅玄口銘曰勿謂不然變出無聞蟻孔潰河溜穴傾山絲淚淚之微者金骨之堅踰親之篤者言讒邪之人但下如絲之淚而金骨爲之傷毀也張叔及論曰煩寃俯仰淚如絲兮鄒陽上書曰衆口鑠金積毀消骨器惡含滿欹物忌厚生沒家語曰孔子觀於魯桓公之廟有欹器焉孔子問於守廟者曰此爲何器對曰此蓋爲宥坐之器孔子曰吾聞宥坐之器虛則欹中則正滿則覆明君以爲至誡故常置於坐側顧謂弟子曰試注水實之中而正滿則覆夫子喟然而歎曰

嗚呼夫物惡有滿而不覆者哉老子曰人之生生之厚動皆之死地十有三夫何故以其生生之厚也智哉衆多士服理辯昭昧莊子冉求問於仲尼曰未有天地可知乎夫子曰古猶今也昔日吾昭然今日吾昧然敢問何謂也仲尼曰昔之昭然也神者先受之今昧然也且又爲不神者求耶郭象曰思求更致不了

效古一首 五言

范彥龍

寒沙四面平飛雪千里驚雪千里已見上文風斷陰山樹霧失交河城漢書侯應上書曰臣聞陰山草木茂盛又曰車師前國王治交河城河水分流繞城下故號交河朝馳左賢陣夜薄休屠營漢書李將軍廣出右北平擊匈奴左賢王陣又曰驃騎將軍霍去病將萬騎出隴西得休屠祭天金人昔事前軍幕今逐嫖姚兵漢書曰大將軍大擊匈奴李廣數自請行上以爲老不許良久乃許之以爲前將軍又曰霍去病善騎射再從大將軍

受詔予壯士爲嫖姚校尉

失道刑既重遲留法未輕漢書曰李廣與右將軍食其合軍出東道或失道大將軍問廣失道狀廣曰校尉無罪乃我者自失道引刀自剄又曰宣帝命虎牙將軍田順出五原虜去塞八百餘里不進上以虎牙不至期逗留不進下吏自殺音義曰律語也謂軍行頓止稽留不進遲或作逗音豆所賴今天子漢道日休明太史公自序曰作今上本紀其述事皆云今天子班固漢書文紀述曰登我漢道左氏傳王孫蒲曰德之休明也

雜體詩三十首五言雜躰詩序曰關西鄴下既已罕同河外江南頗爲異法今作三十首詩斆其文躰雖不足品藻淵流庶亦無乖商搉　江文通

古離别

遠與君别者乃至鴈門關鴈門郡已見上以其邊塞故曰關黃雲蔽千里遊子何時還黃雲已見謝靈運擬鄴中詩古詩曰浮雲蔽白日遊子不顧反江之此製非直

學其躰而亦兼用其文故各自引文而爲之證其無文者乃他說送君如昳日簷前露巳團張景陽雜詩曰下車如昳日望舒四五圓毛詩曰野有蔓草零露團兮不惜蕙草晚所悲道里寒古詩曰香風難久居空令蕙草殘君在天一涯妾身長别離古詩曰各在天一涯又曰與君生别離願一見顏色不異瓊樹枝李陵贈蘇武詩曰思得瓊樹枝以解長飢渴兎絲及水萍所寄終不移爾雅曰女蘿兎絲也毛詩曰蔦與女蘿施於松柏淮南子曰夫萍樹根於水木樹根於土天地性也曹植雜詩曰寄松爲女蘿依水如浮萍

李都尉從軍　陵

樽酒送征人踟躕在親宴蘇武詩曰我有一樽酒欲以贈遠人日暮浮雲滋渥手淚如霰悠悠清川水嘉魴得所薦言魚處水而得所我

萬里而離鄉歎魚之不若也毛詩曰河水悠悠釋名曰薦藉也而我在萬里結髮不相見古詩曰相去萬餘里蘇武詩曰結髮爲夫妻恩愛兩不疑袖中有短書願寄雙飛燕桓子新論曰若其小說家合叢殘小語近取譬論以作短書治身理家有可觀之辭陳琳止欲賦曰欲語言於玄鳥玄鳥逝以差池古詩曰願爲雙飛鷰雙或爲南淮南子曰燕鴈代飛許慎曰鷰春南而鴈北虞羲送別詩曰唯有一字書寄之南飛燕文與此同

班婕好 詠扇

紈扇如圓月出自機中素班婕好怨詩曰新製齊紈素鮮潔如霜雪裁爲合歡扇團團似明月畫作秦王女乘鸞向煙霧列仙傳曰簫史者秦繆公時人善吹簫繆公有女字弄玉好之公遂以妻焉一旦皆隨鳳皇飛去楚辭曰駕鸞鳳而上游采色世所重雖新不代故竊愁涼風至吹我玉階樹班婕好怨詩曰常恐秋節至涼風奪炎熱

又自傷賦曰華殿塵兮玉階苔君子恩未畢零落在中路班婕妤怨詩曰棄捐篋笥中恩情中道絕

魏文帝遊宴　曹丕

置酒坐飛閣逍遥臨華池曹子建詩曰置酒高殿上西都賔曰脩途飛閣魏文帝東門行曰朝游高臺側夕宴華池陰神飆自遠至左右芙蓉披曹子建公讌詩曰神飆接丹轂魏文帝詩曰蘭芷生兮芙蓉披綠竹夾清水秋蘭被幽涯枚乘兔園賦曰脩竹檀欒夾池水旋兔園曹植公讌詩曰秋蘭被長坂朱華冒淥池月出照園中冠珮相追隨曹植公讌詩曰清夜遊西園飛蓋相追隨客從南楚來為我吹參差古詩曰客從遠方來楚辭曰望夫君兮未來吹參差兮誰思淵魚猶伏浦聽者未云疲淵魚鱗魚也韓詩外傳曰昔伯牙鼓琴而淵魚出聽高文一何綺小儒安足為陸機

今日良宴會詩曰高談一何綺孫卿子曰小儒者謂大夫士蕭蕭廣殿陰雀聲愁北

林莊子曰至陰肅肅衆賓還城邑何以慰吾心曹子建名都篇曰雲散還城邑清晨復來還李陵詩曰何以慰我心

陳思王贈友　曹植

君王禮英賢不恡千金璧孔安國尚書傳曰恡惜也史記曰虞卿說趙孝成王一見賜金百鎰白璧一雙莊子曰林回棄千金之璧負赤子而趨雙闕指馳道朱宮羅第宅古詩曰兩宮遙相望雙闕百餘尺馳道巳見上文傳玄西都賦曰彤彤朱宮古詩曰長衢羅夾巷王侯多第宅

從容冰井臺清池映華薄鄴中記曰銅雀臺北則冰井臺陸機君子有所思曰曲池何湛湛清川帶華薄

涼風盪芳氣碧樹先秋落論衡曰物至秋而死先榮後落

朝與佳人期日夕望青閣魏文帝秋胡行曰朝與佳人期日夕殊不來曹子建美女

篇曰青樓臨大路褰裳摘明珠，徙倚拾蕙若。毛詩曰褰裳涉溱洛神賦曰或采明珠或拾翠羽謝靈運鄴中集曰攀條摘蕙草楚辭曰連蕙若以爲佩眷我二三子，辭義麗金雘。曹子建贈丁翼詩曰吾與二三子楊雄解嘲曰昔人之辭乃玉乃金王仲宣誄曰吾與夫子義貫丹青說文曰雘善丹也延陵輕寶劍，季布重然諾。延陵已見上漢書曰季布楚人也楚諺曰得黃金百不如得季布諾又曰貫高趙國立名義不侵爲然諾者也處富不忘貧，有道在葵藿。何劭祖贈張華詩曰既貴不忘儉處有能存無莊子東郭子問於莊子曰所謂道惡乎在莊子曰無所不在陸機君子有所思曰無以肉食資取笑葵與藿

劉文學感遇　楨

蒼蒼中山桂，團圓霜露色。言桂霑霜露而色不渝身經夷險而操不易也劉楨贈徐幹詩曰亭亭山上松瑟瑟谷中風霜露一何緊，桂枝生自直。劉楨贈徐幹詩曰風

聲一何盛松枝一何勁廣雅曰緊急也何橘柚在南國因君爲羽翼橘柚在南雖珍須君羽翼乃貴也楚辭曰后皇嘉樹橘來服受命不遷生南國古詩曰人儻欲我知因君爲羽翼謬蒙聖主私託身文墨職洞簫賦曰蒙聖主之渥恩鄭玄禮記注曰私之猶言恩也劉楨雜詩曰職事相塡委文墨紛消散丹采既已過敢不自彫飾古詩曰橘柚垂華實乃在深山側聞君好我甘竊獨自彫飾華月照方池列坐金殿側古歌辭曰上金殿酌玉樽微臣固受賜鴻恩良未測曹植天地篇曰復爲時所拘羈紲作微臣東京賦曰洪恩素蓄人心罔結

王侍中 懷德　粲

伊昔值世亂秣馬辭帝京王粲七哀詩曰西京亂無象又曰遠身適荆蠻旣傷蔓草別方知杕杜情毛詩序曰野有蔓草思遇時也君之澤未流民窮於兵革男女失時

不期而會焉毛詩曰有杕之杜其葉萋萋王事靡盬我心傷悲崤函復丘墟冀闕緬縱橫崤函崤谷及函谷也呂氏春秋燭過曰吴爲丘墟西征賦曰冀闕緬其堙盡倚棹汎涇渭日暮山河清方言曰楫謂之櫂棹與櫂同蟋蟀依桑野嚴風吹若莖毛詩曰七月在野八月在宇鄭玄曰謂蟋蟀毛詩曰蛸蛸者蜀蒸在桑野賈逵國語注曰若木晚矣鸛鵲在幽草客子淚已零鸛鵲在幽草謂鸛鳴于垤鵲亦水鳥故連言之王仲宣從軍詩曰哀彼東山人喟然感鸛鳴毛詩曰有芃者狐率彼幽草去鄉三十載幸遭天下平楚辭曰去鄉離家來遠客鮑昭結客少年場曰去鄉三十載禮記曰國治而天下平賢主降嘉賞金貂服玄纓賢主魏太祖也時粲爲侍中故云金貂漢書谷永對詔曰戴金貂之飾執常伯之職尉繚子曰天子玄冠玄纓也侍宴出河曲飛蓋遊鄴城魏文帝與吴質書曰時駕而遊北遵河曲曹子建公讌詩曰飛蓋相追隨朝露竟幾何忽如水上萍漢書李陵謂蘇武曰

人生如朝露楚辭曰竊哀兮浮萍汎濫兮無根王逸注曰自比蘋隨水浮汎乍東乍西君子篤惠義柯葉終不傾新語曰君子篤義於惠礼記曰其在人也如竹箭之有筠如松柏之有心二者雖貫四時而不改柯易葉福履既所綏千載垂令名王粲公宴詩曰古人有遺言君子福所綏左氏傳子產曰令名德之輿也

嵇中散言志　康

曰余不師訓潛志去世塵嵇康幽憤詩曰恃愛肆姐不訓不師楚辭屈原曰蒙世俗之塵埃遠想出宏域高步超常倫左太沖詠史詩曰高步追許由靈鳳振羽儀戢景西海濱朝食琅玕實夕飲玉池津莊子老子歎曰吾聞南方有鳥其名爲鳳居積石千里河海出下鳳皇居上天爲生樹名瓊枝高百二十仞大三十圍以琳琅爲實周易曰鴻漸于陸其羽可用爲儀阮籍詩曰朝食琅玕實夕宿丹山際衡山記曰空青嵛有天津玉池傅玄擬

楚篇曰登崑崙漱玉池處順故無累養德乃入神莊子曰夫得者時也失者順也安時處順哀樂不能入也此古之所謂懸解也又曰欲勉爲形者莫如棄世棄世則無累又曰堯觀乎華華封人請祝聖人使壽使富使多男子堯曰多男子則多懼富則多事壽則多辱是三者非所養德也故辭周易曰精義入神以致用也曠哉宇宙惠雲羅更四陳文子曰四方上下謂之寓説文曰宙舟輿所極覆也鸚鵡賦曰冠雲霓而張羅哲人貴識義大雅明庇身毛詩大雅曰旣明且哲以保其身左氏傳曰子反曰信以守禮禮以庇身也莊生悟無爲老氏守其真莊子曰夫虛靜恬淡寂寞無爲者天地之平而道德之至也老子曰見素抱璞河上公曰見素者當抱素守真不文飾也天下皆得一名實久相賓老子曰昔之得一者天得一以清地得一以寧王侯得一以爲天下正莊子曰堯讓許由以天下許由曰而我猶代子吾將爲名乎名者實之賓也吾將爲賓乎咸池饗爰居鍾鼓或愁辛樂動聲儀曰黃帝樂曰咸池莊子曰海鳥止於魯郊魯侯觴之

於廟奏九部以爲樂具太牢以爲膳鳥眩視憂悲不敢食一臠不飲一杯三日而死此以己養養鳥也司馬彪曰海鳥爰居也柳惠善直道孫登庶知人柳下惠已見西征賦孫登已見嵇康幽憤詩寫懷良未遠感贈以書紳論語曰子張問行子曰言忠信行篤敬子張書諸紳

阮步兵詠懷籍

青鳥海上遊鸒斯蒿下飛阮籍詠懷詩曰雖云不可知青鳥明我心呂氏春秋曰海上有人好青者朝至海上而從青遊青至者前後數百其父曰聞汝從青遊盍取來吾欲觀之其子明旦至海上羣青翔而不下莊子曰北溟有魚化爲鳥其名曰鵬齊諧曰鵬之徙南溟摶扶搖而上者九萬里蜩與鸒鳩笑之我決起而飛搶榆枋而止不至控地而已奚以之九萬里而圖南爲北溟有鳥焉其名爲鵬摶扶搖羊角而上者行九萬里尺鷃笑之曰彼且奚適我騰躍而上不過數仞而下翱翔蓬蒿之間此亦飛之至也而彼且奚適也此小大之辯也司馬彪曰蜩蟬也鸒鳩小鳥毛萇詩傳曰鸒斯鵯居鵯居雅烏也音豫沈浮不相

宜羽翼各有歸曹子建七哀詩曰沈浮各異世阮籍詠懷詩曰鸞斯飛桑榆海鳥運天池豈不識宏大羽翼不相宜飄飄可終年沈瀁安是非阮籍詠懷詩曰逍遥可終生又曰蕩瀁焉可能列子曰信理者亡是非莊子曰彼一是非也此一是非也飄飄萬下沈瀁海上逍遥一也朝雲乘變化光耀世所希阮籍詠懷詩曰三楚多秀士朝雲進荒淫高唐賦曰須臾之間變化無窮陸雲詩曰知音世所希精衛銜木石誰能測幽微阮籍清思賦曰女娃榮於東海之濵而翩飄於西山之傍山海經曰發鳩之山有鳥名精衛赤帝之女娃女娃遊於東海溺而死不反化爲精衛常取西山木石以填東海也

張司空 離情 華

秋月照簾籠懸光入丹墀張華情詩曰清風動帷簾晨月燭幽房班婕妤自傷賦曰俯視兮丹墀佳人撫鳴琴清夜守空帷陸機擬古詩曰佳人撫鳴瑟又曰閑

夜撫鳴琴曹子建雜詩曰妾身守空閨

蘭逕少行迹玉臺生網絲楚詞曰皐蘭被徑斯路漸張景陽雜詩曰房櫳無行迹西京賦曰西有玉臺張景陽雜詩曰蜘蛛網四屋論衡曰蜘蛛經絲以網飛虫

庭樹發紅彩閨草含碧滋張景陽雜詩曰寒花發黃彩秋草含綠滋

延佇整綾綺萬里贈所思楚詞曰結幽蘭而延佇古詩曰客從遠方來遺我一端綺相去萬餘里故人心尚尒又曰欲以遺所思

願垂湛露惠信我皎日期毛詩曰湛湛露斯匪陽不晞又曰謂予不信有如皎日

潘黃門悼亡岳

青春速天機素秋馳白日楚詩曰青春爰謝潘岳悼亡詩曰曜靈運天機四節代遷逝劉楨與臨淄侯書曰肅以素秋則落也

美人歸重泉悽愴無終畢潘岳悼亡詩曰之子歸窮泉重壤永幽隔

殯宮已肅清松柏轉蕭瑟陸機挽歌曰殯宮何

嘈嘈寡婦賦曰虛坐兮肅清仲長子昌言曰古之葬者松柏梧桐以識其墳楚詞曰蕭蕭瑟兮草木搖落而變衰俯仰未能弭尋念非但一楚詞曰聊抑志而自弭賈逵國語注曰弭忘也魏文帝詩曰所憂非但一撫襟悼寂寞恍然若有失潘岳悼亡詩曰撫襟長歎息王逸楚詞注曰恍失意也後漢書曰戴良見黃憲及歸罔然若有失也明月入綺窻髣髴想蕙質潘岳悼亡詩曰歲寒無與同朗月何朧朧獨無李氏靈髣髴覩尔容古詩曰交疏結綺窻左九嬪武帝納皇后頌曰如蘭之茂蕙蘭類故變之耳消憂非萱草永懷寧夢寐毛詩曰焉得諼草言樹之背毛萇曰諼草令人忘憂毛詩曰終其永懷寡婦賦曰願假夢以通靈夢寐復冥冥何由覿爾形潘岳哀永逝賦曰既目遇兮無兆曾寤寐兮不夢冥冥幽昧也文子曰慮患於冥冥之外我慙北海術爾無帝女靈列異傳曰北海營陵有道人能使人與死人相見同郡人婦死已數年聞而往見之曰願令我一見死人不恨遂教其見之於是與婦人相見言語悲喜恩情

如生良久乃聞鼓聲悢悢不能出戶掩門乃走其裾爲戶所閉掣絶而去後歲餘此人死家葬之開見婦棺蓋下有衣裾宋玉集云楚襄王與宋玉遊於雲夢之野望朝雲之館有氣焉須臾之間變化無窮王問此是何氣也玉對曰昔先王遊於高唐怠而晝寢夢見一婦人自云我帝之季女名曰瑤姬未行而亡封於巫山之臺聞王來遊願薦枕席王因幸之去乃言妾在巫山之陽高丘之阻旦爲朝雲暮爲行雨朝朝暮暮陽臺之下旦而視之果如其言爲之立館名曰朝雲駕言出遠山徘徊泣松銘毛詩曰駕言出遊雨絶無還雲華落豈留英鸚鵡賦曰何今日之雨絶日月方代序寢興何時平潘岳悼亡詩曰四節代遷逝又曰寢興自存形

陸平原 羇宦　機

儲后降嘉命恩紀被微身漢書疏廣曰太子國儲副君琴操史魚曰思竭愚志以報塞恩紀潘岳河陽詩曰微身輕蟬翼明發眷桑梓永歎懷密親陸機贈顧彥先曰眷

言懷桑梓又赴洛道中作詩曰嗚咽辭密親永歎見下注流念辭南澨銜怨別西津陸機赴洛道中詩曰永歎遵北渚遺思結南津杜預左氏傳曰澨水涯也馳馬遵淮泗旦夕見梁陳毛詩曰驅馬悠悠陸機從梁陳詩曰夙駕尋清軌遠遊越梁陳服義追上列矯迹廁宮臣楚辭曰身服義而未沫陸機從梁陳詩曰在昔蒙嘉運矯迹入崇賢朱黻咸髦士長纓皆俊人毛詩曰朱芾斯皇室家君王鄭玄曰芾者諸侯黄朱又曰芾太古蔽膝之象蔽與芾古字通毛詩曰烝我髦士又曰髦士攸宜陸機從梁陳詩曰長纓麗且鮮尚書曰俊民用章契闊承華内綢繆踰歲年陸機從梁陳詩曰契闊踰三年又赴洛詩曰託身承華側李陵詩曰與子結綢繆日暮聊揔駕逍遥觀洛川陸機荅張士然詩曰余固水鄉士揔轡臨清川徂没多拱木宿草淩寒煙公羊傳曰秦伯謂蹇叔曰尔之年冢上之木拱矣禮記曾子曰朋友之墓有宿草而不哭焉遊子易感愾躑躅還自憐劉公幹詩

日乖人易感慟陸機道中詩曰佇立望故鄉顧影悽自憐願言寄三鳥離思非徒然楚詞曰三鳥飛以自南覽其志而欲北願寄言於三鳥兮去飈疾而不得陸機赴洛詩曰感物戀堂室離思一何深

左記室詠史 思

韓公淪賣藥梅生隱市門范曄後漢書曰韓康字伯休一名恬休京兆人也常采名藥賣於長安市口不二價三十餘年梅生梅福也漢書曰梅福一朝棄妻子去其後人見於會稽者變名姓爲吴市門卒百年信荏苒何用苦心魂張華勵志詩曰荏苒代謝漢書廣陵王胥歌曰人生要死何爲苦心當學衛霍將建功在河源衛衛青霍霍去病陸賈新語曰以義建功河源匈奴之境山海經曰崑崙之東北隅實河海源也珪組賢君聘青紫明主恩漢書夏侯勝曰士病不明經術苟明其取青紫如俛拾地芥終軍才始達賈誼位方

尊漢書曰終軍至長安上書武帝異其文拜爲謁者給事中又曰賈誼爲博士文帝悦之超遷歲中至太中大夫也金張服貂冕許史乘華軒左思詠史詩曰金張籍舊業七葉珥漢貂又曰朝集金張館暮宿許史廬漢書劉向曰王氏乘朱輪華轂王侯貴片議公卿重一言太平多歡娛飛蓋東都門張景陽詠史詩曰昔在西京時朝野多歡娛藹藹東都門羣公祖二踈顧念張仲蔚蓬蒿滿中園曹子建贈徐幹詩曰顧念蓬室士趙岐三輔決録注曰張仲蔚扶風人也少與同郡魏景卿隱身不仕明天官博學好爲詩賦所居蓬蒿没人也

張黄門 苦雨

協

丹霞蔽陽景緑泉涌陰渚曹子建情詩曰微陰翳陽景張景陽雜詩曰丹霞啓陰期又詩曰階下伏泉涌水鸛巢層甍山雲潤柱礎鄭玄毛詩箋曰鸛水鳥將陰雨而鳴巢層甍未詳淮南子曰山雲蒸而柱礎潤廣雅曰礎礩也音楚有弇興春節愁霖貫

秋序張景陽雜詩曰有弇興南岑王仲宣有愁霖賦爕爕涼葉奪戾戾颸風

舉楚辭曰溢颸風余上征高談玩四時索居慕疇侶曹子建求通親表曰高談

無所與陳禮記子夏曰吾離羣索居亦已久矣張華雜詩曰安知慕儔侶青苔日夜黃芳蕤

成宿楚張景陽雜詩曰青苔依空牆又詩曰窓葉日夜疎又詩曰芳蕤豈再馥又詩曰荒楚鬱蕭森說

文曰芳蕤草木華盛貌歲暮百慮交無以慰延佇仲長統詩曰百慮何爲至

安在我延佇

劉太尉傷亂臧榮緒晉書曰琨卒後贈太尉琨

皇晉遘陽九天下橫雰霧劉琨荅盧諶詩曰厄運初遘陽爻在六哀我皇晉痛心在

目班固漢書曰陽九日初入百六陽九音義曰易傳所謂陽九日厄會也郭璞山海經注曰横塞也楚詞曰望

時風之清激愈雰霧其如塵秦趙值薄蝕幽并逢虎據薄蝕虎據喻羣盜也

京房易飛候占曰凡日蝕皆於晦朔不於晦朔蝕者名曰薄戰國策曰蘇秦説楚威王曰王興師襲秦戰於藍田此所謂兩虎相據也**伊余荷寵靈感激殉馳騖**劉琨勸進表曰荷寵三世左氏傳曰蘧啓彊曰寵靈楚國劉琨詩曰鄧生何感激解嘲曰世亂則聖哲馳騖而不足**雖無六奇術冀與張韓遇**漢書曰陳平自初從至天下定後常以護軍中尉從擊臧荼陳豨凡六出奇計輒益邑封奇計或頗祕世莫得聞也張張良韓韓信也**甯戚扣角歌桓公遭乃舉**淮南子曰甯戚擊牛角而歌桓公舉以爲大田高誘曰大田官也**荀息冒險難實以忠貞故**左氏傳曰初獻公使荀息傅奚齊公疾召之曰其若之何稽首而對曰臣竭其股肱之力加之以忠貞其濟君之靈也不濟則以死繼之公曰何謂忠貞對曰公家之利知無不爲忠也送往事居耦俱無猜貞也**空令日月逝愧無古人度**論語陽虎曰日月逝矣盧諶贈崔溫詩曰古人非所希**飲馬出城濠北望沙漠路**古有飲馬長城窟行盧諶贈崔溫詩曰北眺沙漠垂南望舊京路

千里何蕭條白日隱寒樹投袂既憤懣撫枕懷百慮左氏傳曰楚子投袂而起白虎通曰天子崩哀痛憤懣劉琨重贈盧諶詩曰中夜撫枕歎想與數子遊百慮已見上文功名惜未立玄髮已改素劉琨重贈盧諶詩曰功業未及建夕陽忽西流陸機東宮詩曰柔顔收紅藻玄髮吐素華時或苟有會治亂惟冥數劉琨重贈盧諶詩曰時哉不我與陶淵明經曲阿詩曰時來苟冥會冥幽冥也數厤數也孫子兵法曰治亂數也范曄後漢書烏丸論曰天之冥數以至於是乎

盧中郎感交　諶

大厦須異材廊廟非庸器盧諶荅魏子悌詩曰崇臺非一幹珍裘非一腋潘岳在懷縣詩曰器非廊廟姿爾雅曰庸常也謂非凡常之器也英俊著世功多士濟斯位左氏傳衆仲曰官有世功則有官族盧諶荅魏子悌詩曰多士成大業羣賢濟引續眷顧成綢

繆迺與時髦匹毛詩曰眷言顧之盧諶荅魏子悌詩曰愚蒙時來會敢齊朝彥跡姻媾夂不虛契闊豈但一盧諶贈劉琨詩曰申以婚姻又荅魏子悌詩曰恩由契闊生但一已見上文逢厄既已同處危非所恤盧諶荅魏子悌詩曰共更飛狐厄又曰在厄每同險常慕先達槩觀古論得失槩志節也馮衍顯志序曰追觀往古得失之迹馬服爲趙將疆場得清謚史記曰趙奢大破秦軍秦軍解而走遂解閼與圍而歸趙惠文王賜奢號爲馬服君左氏傳魯公曰疆場之事慎守其一而備其不虞爾雅曰謚靜也信陵佩魏印秦兵不敢出史記曰魏公子毋忌爲信陵君秦昭王進兵圍邯鄲公子進兵擊秦軍秦軍解去遂救邯鄲存趙公子留趙十年不歸秦聞公子在趙日夜出軍東伐魏魏王患之使使請公子歸救魏魏王以上將軍印授公子公子遂將破秦軍於河外乘勝逐秦至函谷關抑秦兵不敢出慨無幄中策徒慙素絲質范曄後漢書詔曰前將軍鄧禹與朕謀謨帷幄決勝千里淮南子曰墨子見練

絲而泣之爲其可以黃可以黑高誘曰閔其化也

羇旅去舊鄉感遇喻琴瑟盧諶贈崔溫詩曰羇旅及寬政委質與時遇毛詩曰妻子好合如鼓琴瑟自顧非杞梓勉力在無逸杞梓已見陸韓卿贈内兄希叔詩無逸已見景福殿賦更以畏友朋濫吹乖名實左氏傳陳敬仲曰詩曰翹翹車乘招我以弓豈不欲往畏我友朋韓子曰齊宣王使人吹竽南郭處士請爲王吹竽粟食與三百人等宣王死文王即位一一聽之處士乃逃一曰韓昭侯曰吹竽者衆吾無以知其善者田嚴對曰一一聽之乃知濫也名實已見上

郭弘農遊仙臧榮緒晉書曰璞卒後贈弘農太守璞

崦山多靈草海濱饒奇石郭璞遊仙詩曰圓丘有奇草鍾山出靈液楚詞曰吾令羲和弭節兮望崦嵫而勿迫王逸曰崦嵫山也海濱即海中三山也偃蹇尋青雲隱淪駐精魄江賦曰納隱淪之列真挺異人之精魄抱朴子曰人無賢愚皆知身之有魂魄魂魄分去

則人病盡去則人死道人讀丹經方士錬玉液道人方術之士已見擬潘黄門述哀詩神仙傳曰淮南王好道術之士於是八公乃往遂授以丹經漢書曰燕齊之方士傳方求仙篇曰玉液涌出華泉楚詞曰吮玉液兮止渴朱霞入窓牖曜靈照空隙十洲記曰朱霞九光廣雅曰曜靈日也說文曰隙壁縫也傲睨摘木芝凌波采水碧江賦曰氷夷倚浪以傲睨夲草經曰紫芝一名木芝洛神賦曰凌波微步江賦曰水碧潛瑤山海經曰耿山多水碧郭璞曰碧亦玉也眇然萬里遊矯掌望煙客神仙傳曰若士謂盧敖曰吾一舉千里說文曰矯舉也郭璞遊仙詩曰駕鴻乘紫煙永得安期術豈愁濛汜迫列仙傳曰安期先生自言千歲楚辭曰出於暘谷次于濛汜

張廷尉雜述　綽

太素既已分吹萬著形兆列子曰太素者質之始也莊子南郭子綦曰夫吹萬不同

而使自巳也司馬彪曰言天氣吹煦生養萬物形氣不同巳止也使各得其性而止潛夫論曰太素之時元氣窈冥未有形兆也

寂動苟有源因謂殤子夭

言大道之要動寂無源今誠以有源即壽夭異轍故以殤子爲天也呂氏春秋曰一也者至貴也莫知其源莫知其端莫知其始莫知其終而萬物以爲宗高誘曰道無匹敵故曰至貴莊子南郭子綦曰莫壽乎殤子而彭祖爲夭

道喪涉千載津梁誰能了

莊子曰世喪道矣道喪世矣世與道交相喪也司馬彪曰世皆異端喪道道不好世故曰喪耳

思乘扶摇翰卓然淩風矯

莊子齊諧之言曰鵬之徙於南溟也水擊三千里摶扶摇而上者九萬里司馬彪曰齊諧人姓名也摶團也扶摇上行風也圖飛而上者若扶摇也毛詩曰如飛如翰鄭玄曰如鳥之飛也翰其中豪俊也廣雅曰矯飛也

靜觀尺棰義理足未常少

莊子曰一尺之棰日取其半萬世不竭辯者以此與惠施相應於身無窮司馬彪曰若其可折則常有兩若其不可折其一常存故曰萬世不竭

囧囧秋月明憑軒詠堯老

蒼頡篇曰囧大明也俱永切

登樓賦曰憑軒檻以遥望堯老堯及老子玄宗之太師故莊生稱之浪迹無蚩妍然後君
子道浪猶放也妍蚩猶美惡也戴逵栖林賦曰浪迹潁湄棲景箕岑文賦序曰妍蚩好惡也領略
歸一致南山有綺皓王文度贈許詢詩曰吾生挺奇幹領略總玄標鄭玄禮記注曰領理
也廣雅曰略要也周易子曰一致而百慮漢書曰園公綺季夏黃公角里先生當秦之世避而入商雒深山范
曄後漢書孔融曰南山四皓潛光隱曜交臂久變化傳火迺薪草莊子仲尼謂顏
回曰吾終身與汝交一臂而失之可不哀與郭象曰夫變化不可執而留也故雖交臂相守而不能令停若哀
死則此亦可哀者也今人未嘗以此爲哀奚獨哀死邪莊子秦失曰指窮於爲薪火傳也不知其盡郭象曰窮
盡也爲薪猶前薪也前薪以指指盡前薪之理故火傳而不滅心得納養之中故命續而不絶明盡生也亹
亹玄思清胷中去機巧許詢農里詩曰亹亹玄思得濯濯情累除莊子曰子貢南遊於
楚反於晉過漢陰見一丈夫方將爲圃畦鑿隧而入井抱甕而出灌搰搰然力用甚多而見功寡子貢曰有械

於此一日浸百畦用力甚寡而見功多夫子不欲乎爲圃者仰而視之曰柰何曰鑿木爲機後重前輕挈水若抽數如泆湯名曰桔槔爲圃者忿然作色而笑曰吾聞之吾師有機械者必有機事有機事者必有機心機心存於胷中則純白不備純白不備則神生不定神生不定者道之所不載子貢俯而不對也

物我俱忘懷可以狎鷗鳥莊子曰吾喪我郭象曰吾喪我我自忘矣我自忘天下何物足識哉又曰海上有人好鷗鳥者旦而之海上從鷗鳥游鷗鳥至者百數其父曰吾聞鷗從汝遊試取來吾從玩之曰諾明旦之海上鷗鳥舞而不下

許徵君自序

晉中興書曰高陽許詢字玄度寓居會稽司徒蔡謨辟不起詢有才藻善屬文時人皆欽愛之

詢

張子闇內機單生蔽外像張毅單豹並已見幽通賦**一時排冥筌泠然空中賞**筌捕魚之器言魚之在筌猶人之處塵俗令既排而去之超在埃塵之外故泠然涉空得

中而留也莊子曰列子御風而行泠然而善旬有五日
而反司馬彪曰泠然涼貌也郭象莊子注曰天下莫不
自是而相非故一是一非兩行無窮
唯涉空得中曠然無懷乘之以遊也**遣此弱喪情資神**
任獨往莊子曰予惡乎知悅生之非惑耶予惡
死之非惑耶非夫弱喪而不知歸者耶郭象曰
少失其故居爲弱喪者遂於彼之所在而不知歸於故
鄉淮南王莊子略要曰江海之士山谷之人輕天下細
萬物而獨往者也司馬彪
曰獨往任自然不復顧世**採藥白雲隈聊以肆所養**隈曲
也賈逵國語
注曰肆恣也**丹葩耀芳蕤緑竹蔭閑敞**廣雅曰葩華也
洞簫賦曰又足
樂乎其閑敞西征賦
曰厭紫極之閑敞**苕苕寄意勝不覺陵虛上曲櫺**
激鮮飈石室有幽響櫺窻閒孔也陸機吳趨行曰泠泠
鮮風過列仙傳曰赤松子常止西
王母石
室中也**去矣從所欲得失非外獎**陸機招隱詩曰稅駕
從所欲李蕭遠運命
論曰得與失孰賢謝靈運擬鄴中
詩曰客心非外獎小雅曰獎勸也**至哉操斤客重明固**

巳朗莊子曰莊子送葬過惠子之墓顧謂從者曰郢人堊漫其鼻端若蠅翼使匠石運斤成風聽而斲之盡堊而鼻不傷郢人立不失容宋元君聞之召匠石曰嘗試爲寡人爲之匠石曰臣則嘗能斲之雖然臣質死久矣自夫子之死吾無以爲質矣吾無與言也五難旣灑落超迹絶塵網向秀難嵇康養生論曰養生有五難名利不滅此一難喜怒不除此二難聲色不去此三難滋味不絶此四難神慮消散此五難

郄東陽興矚　仲文

晨遊任所萃悠悠蘊眞趣毛萇詩傳曰萃集也方言曰蘊積也莊子曰道之眞以持身謝靈運登江中孤嶼詩曰蘊眞誰爲傳雲天亦遼亮時與賞心遇莊子曰黃帝得之以登雲天謝靈運田南樹園詩曰賞心不可志青松挺秀萼惠色出喬樹廣雅曰秀美也鄭玄詩箋曰承花者曰鄂鄂與萼同極眺清波深緬映石壁素韋昭

國語注曰緬邈也瑩情無餘滓拂衣釋塵務廣雅曰瑩磨也説文曰滓澱也謂鄙穢左氏傳曰叔向拂衣從之求仁旣自我玄風豈外慕論語曰求仁而得仁又何怨乎漢書灌嬰曰侯自我得之玄風謂道也李充玄宗賦曰慕玄風之遐裔余皇祖曰伯陽謝靈運憶山中詩曰得性非外求直置忘所宰蕭散得遺慮淮南子曰成化象而弗宰高誘曰宰主也謝靈運越嶺溪行詩曰觀此遺物慮一悟得所遣

謝僕射遊覽　混

信矣勞物化憂襟未能整左氏傳商臣曰信矣莊子曰天不産而萬物化又曰旣化而生又化而死也薄言遵郊衢揔轡出臺省毛詩曰薄言旋歸家語子曰善御者正身揔轡也淒淒節序高寥寥心悟永毛詩曰秋日淒淒楚詞曰天高而氣清莊子曰寥巳吾志郭象曰寥然空虛也聲類曰悟心解也時菊耀巖阿雲霞冠

秋嶺潘安仁河陽詩曰時菊耀秋華眷然惜良辰徘徊踐落景孔叢子歌曰眷然顧之東征賦曰撰良辰而將行卷舒雖萬緒動復歸有靜淮南子曰至道無爲盈縮卷舒與時變化莊子曰虛則靜靜則動動者得矣老子曰夫物云云復歸其根歸根曰靜是謂復命王弼曰凡有起於虛動於靜故萬物雖並動作卒復歸於虛靜各反其始歸根則靜也曾是迫桑榆歲暮從所秉毛詩曰曾是在位桑榆日所沒以喻人年老巳見上文韓詩曰歲聿其暮薛君曰言年歲已晚也所秉謂心所執也毛詩曰君子秉心鄭玄曰秉執也舟壑不可攀忘懷寄匠郢莊子曰夫藏舟於壑藏山於澤謂之固矣然而夜半有力者負之而走昧者不知司馬彪曰舟水物山陸居者也藏之壑澤非人意所求謂之固有力者或能取之郢人巳見上文

陶徵君田居　潛

種苗在東皐苗生滿阡陌歸去來曰登東皐以舒嘯風俗通曰南北曰阡東西曰陌

雖有荷鋤倦濁酒聊自適陶潛詩曰晨興理荒穢帶月荷鋤歸又曰雖欲揮手歸濁酒聊自持莊子曰智不知論極妙之言而自適一時之利者非埳井之蛙與又郭象注曰自適其志者也日暮巾柴車路闇光已夕歸去來曰巾柴車鄭玄周禮注曰巾猶衣也歸人望煙火稚子候檐隙歸去來曰稚子候門問君亦何為百年會有役莊子盜跖曰人上壽百歲陶潛夜行塗口詩曰懷役不遑寐但願桑麻成蠶月得紡績陶潛詩曰相見無雜言但道桑麻長毛詩曰蠶月條桑家語曰公父文伯之母紡績不懈素心正如此開逕望三益方言曰素本也謝靈運田南詩曰唯開蔣生逕永懷求羊蹤論語曰益者三友友直友諒友多聞益矣

謝臨川遊山　靈運

江海經邅迴山嶠備盈缺楚辭曰入溆浦兮途邅迴尔雅曰山銳而高曰嶠謝靈運

登廬山詩曰山行非前期弥遠不能輟但欲淹昏旦遂復經盈缺春秋元命包曰月盈而缺者詘鄉尊宋均曰詘還也尊君也靈境信淹留賞心非徒設賞心巳見上文平明登雲峯杳與廬霍絶楚詞曰平明發兮蒼梧謝靈運詶恵連詩曰滅迹入雲峯又初發石首城詩曰息必廬霍期碧鄣長周流金潭恒澄澈碧鄣出碧之鄣即玉山也巳見上文思玄賦曰歷衆山以周流上林賦曰步櫩周流臨海記曰白石山下有金潭金光煥然也桐林帶晨霞石壁映初晰說文曰昭晰明也之逝切今協韻以爲之舌切乳竇既滴瀝丹井復寥泬謝靈運山居賦曰訪銅乳於洞穴訊丹砂於經泉鮑昭過銅山詩曰乳竇夜消滴說文曰滴瀝水下滴瀝也抱朴子曰武陵舞陽有丹砂井王逸楚詞注曰泬寥曠蕩空虛靜也嵒嶨轉奇秀岑崟還相蔽說文曰嵒山巖也五咸切文字集略曰嶨崖也郭璞方言注曰岑崟峻貌赤玉隱瑤溪雲錦被沙汭子虛賦曰石則赤玉玫瑰思玄賦曰瞰瑤溪之赤岸海賦曰雲錦散文於沙

汭之際夜聞猩猩啼朝見鼯鼠逝蜀都賦曰猩猩夜啼郭璞爾雅注曰鼯鼠狀如小狐亦謂之飛生聲如人呼南中氣候暖朱華凌白雪謝靈運入華子崗詩曰南州實炎德桂樹凌寒山王逸楚詞注曰南方冬溫草木常華幸遊建德鄉觀奇經禹穴莊子市南宜僚謂魯侯曰南越有邑焉名爲建德之國其民愚朴少私寡欲其生可樂其死可葬吾願君去國捐俗與道相輔而行漢書曰司馬遷南遊江淮上會稽探禹穴也身名竟誰辯圖史終磨滅謝靈運入華子崗詩曰莫辯百世後又曰圖諜復磨滅且汎桂水潮映月遊海澨楚詞曰桂水兮潺湲謝靈運入華子崗詩曰秉月弄潺湲攝生貴處順將爲智者說謝靈運還湖中詩曰寄言攝生客又登石門詩曰處順故安排又石門詩曰匪爲衆人說莫與智者論

顔特進侍宴　延之

太微凝帝宇瑶光正神縣淮南子曰太微者天一之廷孔安國尚書傳曰凝成也魏都賦曰耽耽帝宇周禮曰匠人建國晝參諸日中之景夜考之極星以正朝夕鄭玄曰極星謂北斗也廣雅曰北斗第七星爲瑶光地理書曰崑崙東南地方五千里名神州史記鄒衍曰中國名赤縣神州赤縣神州內自有九州禹之所叙九州是也不得爲州數中國外若赤縣神州者九所謂九州也

揆日粲書史相都麗聞見毛詩曰揆之以日作爲楚室尚書序曰成王在豐欲宅洛邑使召公先相宅孔安國曰欲以爲都也

列漢搆仙宮開天制寶殿毛萇詩傳曰漢天河

桂棟留夏飈蘭橑停冬霰楚詞曰桂棟兮蘭橑

青林結冥濛丹巘被蔥蒨吳都賦曰迥眺冥濛毛萇詩傳曰巘小山別於大山也

山雲備鄉藹池卉具靈變尚書大傳曰百工相和而歌卿雲鄭玄曰卿當爲慶魏文帝東閣詩曰高山吐慶雲西京賦曰濯靈芝之朱柯陳思王靈芝篇曰靈芝生玉池

重陽集清氣下輦降玄宴楚詞曰集重陽入帝

宮兮造甸始而觀清都西京賦曰恣意所幸下輦成宴尚書曰玄德升聞玄猶聖也鶩望兮褰隧矖目盡都甸褰猶纖也穀梁傳曰褰内諸侯周禮有六鄉六隧倉頡篇曰矖曠視之貌也氣生川岳陰煙滅淮海見中坐溢朱組步櫚蹟瓊弁魯靈光殿賦曰中坐乘景禮記曰侯伯佩玄玉而朱組綬上林賦曰步櫚周流長途中宿說文曰蹟雜字如此左氏傳曰楚子玉爲瓊弁玉纓未之服也禮登竚睿情樂闋延皇眄爾雅曰登成也又曰竚久也謂久留也禮記曰有司告以樂闋鄭玄曰闋終也延引也測恩躋踰逸沿牒懵浮賤爾雅曰測深也愉逸耽樂縱逸也漢書長安令楊興說將軍史高曰匡衡無階朝廷隨牒在遠方說文曰懵不明也浮賤浮名微賤也禮記曰恥名浮於行也榮重餽兼金巡華過盈瑱孟子曰齊王餽兼金一百而不受盈瑱盈尺之玉也說文曰田父得寶玉至尺魏都賦曰尺璧有盈淮南子曰崑山之玉瑱天見切敢飾輿人詠方慙綠水薦左氏傳曰晉侯聽輿人之誦曰原田

每每舍其舊而新是謀淮南子曰手會淥水已見上文

謝法曹 贈別 惠連

昨發赤亭渚今宿浦陽汭謝靈運富春渚詩曰赤亭無淹薄獻康樂詩曰昨發浦陽汭今宿浙江湄方作雲峯異豈伊千里別雲峯已見上文芳塵未歇席涔淚猶在袂庾闡楊都賦曰結芳塵於綺席楚詞曰泣沾襟而濡袂停艫望極浦弭棹阻風雪說文曰艫船頭也楚詞曰望涔陽兮極浦謝惠連獻康樂詩曰停楫阻風波毛萇詩傳曰弭止也風雪既經時夜永起懷思汎濫北湖遊岧亭南樓期謝靈運詩序曰於南山往北山經湖中又序曰南樓中望所遲客點翰詠新賞開衾瑩所疑謝靈運荅惠連詩曰陵澗尋我室散帙問所知摘芳愛氣馥拾蘂憐色滋色滋畏沃若人事亦銷鑠毛詩曰桑之未落其葉沃若楚辭曰質銷

鑠以汋約賈逵國語注曰鑠銷也**子襟怨勿往谷風誚輕薄**毛詩曰青青子襟悠悠我心縱我不往子寧不嗣音又詩序曰谷風刺幽王也天下俗薄朋友道絕焉**共秉延州信無慙仲路諾**延州信謂挂劒也已見謝靈運廬陵墓下詩論語子曰子路無宿諾**靈芝望三秀孤筠情所託**楚詞曰采三秀於山閒王逸云秀謂芝草也竹箭之有筠已見上注韋昭漢書注曰竹皮筠也于貧切**所託已慇懃祇足攬懷人**謝靈運詩曰猶復惠來章祇足攬余思毛詩曰嗟我懷人**今行嶀嵊外銜思至海濱**孔曄會稽記曰始寧縣西南有嶀山剡縣有嵊山陸機赴洛道中詩曰朝徂銜思往尚書曰海濱廣斥嶀他乎切嵊食證切**覿子杳未僝款睇在何辰**孔安國尚書曰僝見也士簡切字林曰款誠也意有所欲也廣雅曰睇見也**雜珮雖可贈疏華竟無陳**毛詩曰知子之來之雜珮以贈之疏華瑤華也已見謝靈運越嶺溪行及南樓望所遲客詩**無陳心悄勞旅人豈遊遨**毛詩曰中

心悄悄幸及風雪霽青春滿江皐說文曰霽雨止也楚詞曰青春受謝又曰馳騖乎江皐解纜候前侶還望方鬱陶謝靈運相送方山詩曰解纜及流潮又謝惠連詩曰幽居復鬱陶煙景若離遠末響寄瓊瑤瓊瑤謂玉音也

王徵君養疾 微

窈藹瀟湘空翠礀澹無滋窈藹深遠之貌杜育荈賦曰懷豐穰之滋潤寂歷百草晦欻吸鵾鷄悲寂歷彫踈貌說文曰晦盡也謂彫盡也一曰毛萇詩傳曰晦昧也凡草木華實榮茂謂之明枝葉彫傷謂之晦欻吸疾貌楚詞曰鵾雞嘲哳而悲鳴清陰往來遠月華散前墀前墀已見上文鍊藥矚虛幌汎瑟卧遥帷說文曰鍊化金也鍊與練古字通又集略曰幌以帛萌窻也文賦曰同朱絃之清汎朱絃瑟絃也水碧驗未黷金膏靈詎緇水碧已見上文蒼頡篇曰黷垢黷也穆天子傳河伯曰示汝黄金之膏毛

萇詩傳曰緇黑色也北渚有帝子蕩瀁不可期楚詞曰帝子降兮北渚目眇眇兮愁予阮籍詠懷詩曰蕩瀁焉可能悵然山中暮懷痾屬此詩淮南子曰悵然若有所亡楚辭曰幽獨處乎山中又曰抒中情而屬詩

袁太尉從駕　淑

宮廟禮哀敬枌邑道嚴玄顏延年拜陵廟詩曰哀敬隆祖廟枌枌揄社也漢書曰高祖禱豐枌揄社說文曰玄幽遠也謂神道幽遠也恭絜由明祀肅駕在祈年毛詩曰敬恭明祀又曰祈年孔夙詔徒登季月戒鳳藻行川孔安國尚書傳曰登升也羽獵賦曰玄冬季月鳳皇車名甘泉賦曰乃登鳳皇兮翳華芝行川所行之川也行猶道也雲旆象漢徒宸網擬星懸高唐賦曰建雲旆宸網天畢也西京賦曰天畢前驅薛綜曰畢網也象畢星魯靈光殿賦曰浮柱岧嵽以星懸朱櫂麗寒渚金鍐映秋山朱櫂以朱漆飾櫂也

蔡邕獨斷曰金鍐者羽衛藹流景綵吹震沈淵羽衛貟
馬冠也高廣各五寸羽侍衛
也綵發吹也淮南子曰辯詩測京國履籍鑑都壚禮
浮吹以虞沈川鱗介也記
曰天子五年一巡狩命太師陳詩以觀民謡響玉律
風孫卿子曰履天子之籍聽天下之斷
邑頌被丹紡沈約宋書曰調樂金石有一定之聲故造
鍾磬者先律調之然後施之於箱縣司馬
彪續漢書曰候氣之法殿中候用玉律十二唯二至乃
候靈臺用竹律六十顔延年曲水詩亭曰途歌邑頌尚
書大傳曰大琴朱紡蔡邕琴文軫薄桂海聲教燭冰天
賦曰丹紡既張八音既平
禮記曰書同文車同軌尚書曰外薄四海孔安國曰薄
迫也言至海也南海有桂故云桂海上林賦曰經平桂
林之中過乎泱漭之野尚書曰朔南暨聲教著頡篇曰
燭照也淮南子曰八紘北方曰積冰高誘曰北方寒冰
所積因以爲和惠頌上笏恩渥浹下筵禮記曰笏諸侯
名積冰也以象顔延年觀
北湖田牧詩曰温渥幸侍觀洛後豈慕巡河前尚書中
浹輿隷和惠屬後筵候曰天

乙在亳東觀乎雒黄魚雙躍出躋于壇化爲黒玉孝經鉤命決曰舜即位巡省中河録圖授文服義方無沫展歌殊未宣服義已見上文沫亡貝切廣雅曰沫已也楚詞曰展詩兮會舞王逸曰展舒也言舒展詩曲作爲雅樂者也

謝光禄郊遊　莊

肅舲出郊際徒樂逗江隂楚詞曰乘舲船余上沅兮齊吴榜以擊汰王逸曰舲船窻牖也徒樂行樂也説文曰逗止也翠山方藹藹青浦正沈沈廣雅曰藹藹盛貌上林賦曰沈沈隱隱凉葉照沙嶼秋榮冒水潯劉淵林吴都賦注曰嶼海中洲上有山石也説文曰潯傍深也風散松架險雲鬱石道深松枝可以爲架故因謂之架焉静默鏡緜野四睇亂曽岑莊子曰静默可以補病穀梁傳曰緜地千里氣清知鴈引露華識猿音雲裝信解黻煙駕可辭金雲裝雲衣也蒼頡篇

曰紱綬也黻與紱通煙駕煙車也金金印也始整丹泉術終覿紫芳心抱朴子曰黃帝南到貟隴采若乾之華飲丹巒之泉外國圖曰貟丘有赤泉飲之不老紫芳紫芝也鄒潤甫遊仙詩曰紫芝列紅敷丹泉激陽瀆行光自容裔無使弱思侵楚辭曰雲旗兮電鶩儵忽兮容裔

鮑參軍 戎行　昭

豪士枉尺璧宵人重恩光呂氏春秋傳曰文王飾其辭令幣帛以禮豪士以璧禮賢已見上文淮南子曰聖人不貴尺璧春秋孔演圖曰宵人之世多飢寒宋均曰宵猶小也鄭玄毛詩箋曰爲龍爲光言天子恩澤光曜被及者也殉義非爲利執羈輕去鄉莊子曰彼所殉仁義則俗謂之君子又曰小人則以身殉利士則以身殉名禮記曰執羈靮而從靮音的去鄉已見上文孟冬郊祀月殺氣起嚴霜禮記曰孟冬之月天子迎冬於北郊又曰仲秋之月殺氣浸盛陽氣曰衰楚詞曰冬又申之以嚴霜戎馬粟不煖軍士冰爲漿陸機苦寒行曰渴飲堅冰

猨晨上成皐坂磧礫皆羊腸薛綜東京賦注曰旋門坂在成皐上林賦曰下磧礫之坻高誘呂氏春秋注曰羊腸其山盤紆似羊腸寒陰籠白日太谷晦蒼蒼夏侯湛歎秋賦曰陰籠景而下翳曹植贈白馬王詩曰太谷何寥廓山樹鬱蒼蒼爾雅曰霧謂之晦郭璞曰蒼蒼昏冥也息徒税征駕倚劒臨八荒嵇康贈秀才詩曰息徒蘭圃法言曰仲尼之駕税矣宋玉大言賦曰方地爲輿貟天爲蓋長劒耿介倚天之外甘泉賦曰八荒協兮萬國諧鷦鵬不能飛玄武伏川梁樂緯曰鷦鵬狀似鳳皇身禮戴信嬰仁膺智負義宋均曰身禮質赤色思玄賦曰玄武縮於殼中兮騰蛇蜿而自糾鎩翮由時至感物聊自傷淮南子曰飛鳥鎩羽許慎曰鎩殘羽也古詩曰感物懷所思豎儒守一經未足識行藏漢書高祖曰豎儒幾敗乃公事韋昭曰豎猶小也論衡曰能説一經爲儒生論語子謂顏淵曰用之則行捨之則藏唯我與爾有是夫

休上人 別怨 沈約宋書曰沙門惠休善屬文徐湛之與之甚厚世祖命使還俗本姓湯位至揚州從事也

西北秋風至楚客心悠哉日暮碧雲合佳人殊未來魏文帝秋胡行曰朝與佳人期日夕殊不來露采方汎豔月華始徘徊曹子建七哀詩曰明月照高樓流光正徘徊寶書爲君掩瑤琴詎能開道學傳曰夏禹撰真靈之玄要集天官之寶書書以南和丹繒封以金英之函檢以玄都之印瑤琴已見上文相思巫山渚悵望陽雲臺高唐賦曰妾在巫山之陽蔡邕詩序曰暮宿河南悵望子虛賦曰楚王乃登雲陽之臺膏鑪絕沈燎綺席生浮埃鑪熏鑪也取其芬香故加之膏煙而無燄故謂之沈西京雜記鄒陽酒賦曰綃綺爲席犀璩爲鎮桂水日千里因之平生懷言因桂水以通情也桂水已見上文李陵詩曰浮雲日千里洛神賦曰託微波而通辭鍾會懷士賦曰記遠念於興波

文選卷第三十一

賜進士出身通奉大夫江南蘇松常鎮太等處承宣布政使司布政使胡克家重校刊

文選卷第三十二

梁昭明太子撰

文林郎守太子右内率府録事參軍事崇賢館直學士臣李善注上

騷上

屈平離騷經一首　九歌四首

離騷經一首　屈平　王逸注

序曰離騷經者屈原之所作也屈與楚同姓仕於懷王爲三閭大夫同列大夫上官靳尚妬害其能共譖毀之王乃流屈原原乃作離騷經不忍以清白久居濁世遂赴汨淵自投而死也

帝高陽之苗裔兮苗胤也裔末也高陽顓頊有天下之號也帝繫曰顓頊娶于滕隍氏女而

生老僮是楚先其後熊繹事周成王封爲楚子居於丹陽其孫武王求尊爵於周周不與遂僭號稱王始都於郢是時生子瑕受屈爲客卿因胤末之子孫恩深而義厚也

朕皇考曰伯庸朕我也皇美也父死稱考詩曰既右烈考伯庸字也屈原言我父伯庸體有美德以忠輔楚世有令名以及於己**攝提貞于孟陬兮**太歲在寅曰攝提孟始也貞正也于於也正月爲陬**惟庚寅吾以降**惟辭也庚寅日降下也寅爲陽正庚爲陰正言己以太歲在寅正月始春庚寅之日下母之躰**皇覽揆余于初度兮**皇皇考也覽覩也揆度也**肇錫余以嘉名**肇始也錫賜也嘉善也言己美父伯庸觀我始生年時度其日月皆合天地正中故始錫我以美善之名**名余曰正則兮**正平也則法也**字余曰靈均**靈神也均調也言平正可法則者莫過於天養物均調者莫神於地高平曰原故伯庸名我爲平以法天字我曰原以法地夫人非名不榮非字不彰故子生父思善應而名字之以表其德觀其志也**紛吾既有此內美兮**紛盛貌**又重之以脩能**脩遠

也言己之生内含天地之美氣又重有絕遠之能與衆異也扈江離與辟芷兮扈披也楚人名披為扈江離芷皆香草也辟為幽也芷幽而香紉秋蘭以為佩紉索也蘭香草也秋而芳佩飾也所以象德言己脩身清潔乃取江離辟芷以為衣被紉索秋蘭以為佩飾博采衆善以自約束汩余若將不及兮汩去貌疾若水流也恐年歲之不吾與言我念年命汩然流去誠欲輔君心汲汲常若不及又恐年忽過不與我相待而身老朝搴阰音毗之木蘭兮搴取也阰山名夕攬洲之宿莽攬采也水中可居者曰洲草冬生不死者楚人名曰宿莽言己旦起升山采木蘭上事太陽承天度也夕入洲澤采取宿莽下奉太陰順地數也動以神祇自勑誨也木蘭去皮不死宿莽遇冬不枯屈原以喻讒人雖欲困己己受天性終不可變易日月忽其不淹兮淹久也春與秋其代序代更也序次也言日月晝夜常行忽然不久春往秋來以次相代言天時易過人年易老惟草木之零落兮零落皆墮也草曰零木曰落恐美人之遲

暮遲晚也美人謂懷王也言天時運轉春生秋殺草木零落歲復盡矣而君不建立道德舉賢用士則年老暮晚而功不成**不撫壯而棄穢兮**年德盛曰壯棄去也穢行之惡也以喻讒佞百草爲稼穡之穢讒佞亦爲忠直之害也**何不改此度也**改更也言願君務及年德盛壯之時脩明政教棄遠讒佞無令害賢改此惑誤之度脩先王之法也**乘騏驥以馳騁兮**騏驥駿馬也以喻賢智言乘駿馬一日可致千里以言任賢智即可至於治也**來吾道夫先路**言己如得任用將驅先行願來隨我遂爲君導入聖王之道**昔三后之純粹兮**昔往也后君也謂湯禹文王也至美曰純齊同曰粹**固衆芳之所在**衆芳喻羣賢也言往古夏禹殷湯周王所以能純美其德而有聲明之稱者皆舉用衆賢使在顯職故道化興而萬國寧也**雜申椒與菌桂兮**申重也椒香木其芳小重之乃香菌薰也葉曰蕙根曰薰也**豈維紉夫蕙茝**紉索也蕙茝皆香草也以喻賢者言禹湯文王雖有聖德猶雜用衆賢以致於化非獨索蕙茝任一人也**彼堯舜之耿**

介兮耿光也介大也既遵道而得路遵循也路正也言堯舜所以能有光明大德之稱者以脩用天地之道舉賢任能使得萬事之正也何桀紂之昌披兮昌披衣不帶貌夫唯捷徑以窘步捷疾也徑邪道窘急也言桀紂愚惑違背天道施行惶遽衣不及帶欲涉邪徑急疾爲治故身觸陷阱至於滅亡惟黨人之偷樂兮黨朋也論語曰羣而不黨偷苟也路幽昧以險隘幽昧不明也險隘諭傾危也言己念彼讒人相與朋黨嫉妒忠直苟且偷樂不知君道不明國將傾危以及其身豈余身之憚殃兮憚難也殃咎也恐皇輿之敗績皇君也輿君之所乘也以諭國也績功也言我欲諫爭者非難身之被殃咎也但恐君國傾危以敗先王之功忽奔走以先後兮及前王之踵武踵繼也武迹也詩曰履帝武敏歆言己急欲奔走先後以輔翼君者冀及先王之德繼續其迹而廣其基也奔走先後四輔之職也詩曰予聿有奔走予聿有先後是之謂也荃不察余之忠情兮荃香草也以諭君也人君被服

芬香故以香爲諭惡數指斥尊者故變言荃也反信讒而齌怒齌疾也言懷王不徐察我忠信之情反信讒言而疾怒余固知謇謇之爲患兮謇謇忠言貌也易曰王臣謇謇匪躬之故忍而不能舍也舍止也言己忠言謇謇諫君之過必爲身患然中心不能自止而不言也指九天以爲正兮指語也九天謂中央八方也正平也夫唯靈脩之故也靈神也脩遠也能神明遠見者君德故以諭君言己將陳忠策內慮之心上指九天告語神明使平正之唯用懷王之故欲自盡也初既與余成言兮後悔遁而有他遁隱也言懷王始信任己與我平議國政後用讒言中道悔恨隱遁其情而有他志余既不難夫離別兮近曰離遠曰別傷靈脩之數化化變也言我竭忠見過非難與君離別也傷念君信用讒言志數變易無常操也余既滋蘭之九畹兮滋蒔也十二畝爲畹又樹蕙之百畝樹種也二百四十步爲畝言己雖見放流猶種蒔衆香脩行仁義勤身自勉朝暮不倦畦留夷與

揭車兮
留夷香草也揭車亦香草一名芞輿五十畝爲畦
雜杜衡與芳芷
杜衡芳芷皆香草名也言己積累衆善以自絜飾復植留夷杜衡雜以芳芷芬香益暢德行彌盛也
冀枝葉之峻茂兮
冀幸也峻長也
願竢時乎吾將刈
刈獲也言己種植衆芳幸其枝葉盛長實核成熟願待天時吾將穫取收藏而成其功也以言君亦宜畜養衆賢以時進用而待仰其治也
雖萎絕其亦何傷兮
萎病也絕落也
哀衆芳之蕪穢
言己所種芳草當刈未刈蚤有霜雪枝葉雖蚤萎病絕落何能傷我乎哀惜衆芳摧折枝葉蕪穢而不成也以言己脩行忠信冀君任用而遂斥棄則使衆賢志士失其行也
衆皆競進以貪婪兮
競並也愛財曰貪愛食曰婪
憑不猒乎求索
憑滿也楚人名滿爲憑言在位之人無有清絜之志皆並進取貪婪於財利中心雖滿猶復求索不知猒飽
羌內恕己以量人兮
羌楚人語詞也以心揆心爲恕量度也
各興心而嫉妒
害賢爲嫉害色爲妒言在位之臣心皆貪婪內以其志恕度他人謂與己不同則各

生嫉妬之心推棄清絜使不得用也忽馳騖以追逐兮非余心之所急言衆人所以馳騖惶遽者追逐權貴求財利也故非我心之所急務衆急於利我獨急於義者也老冉冉其將至兮冉冉行貌恐脩名之不立立成也言人年命冉冉而行我之衰老將以速至恐脩身建德而功不成名不立也朝飲木蘭之墜露兮墜墮也夕餐秋菊之落英言已旦飲香木之墮墜露吸正陽之津液暮食芳菊之落英言吞陰陽之精蘂動以香淨自潤澤苟余情其信姱兮苦瓜以練要兮苟誠也練簡也長顑呼感頷亦何傷顑頷不飽貌也言已飲食好美中心簡練而合道要雖長顑頷飢而不飽亦無所傷病也擥木根以結茝兮擥持也貫薜荔之落蘂貫累也薜荔香草也緣木而生落墮也蘂實貌言已施行常擥木引堅據持根本又貫累香草之實執持忠信不爲華飾之行也矯菌桂以紉蕙兮矯直也索胡繩之纚纚胡繩香草也纚纚索好貌言已行雖據根本猶復矯直菌桂芬芳之

性紉索胡繩令之澤好以善自約束終無懈已謇吾法夫前脩兮非時俗之所服言我忠信謇謇者乃上法前代遠賢固非今時俗之人所可服行也雖不周於今之人兮周合也願依彭咸之遺則彭咸殷賢大夫諫其君不聽自投水而死遺餘也則法也言己所行忠信雖不合於今之人欲願依古之賢者彭咸餘法以自率厲也長太息以掩涕兮哀人生之多艱言己自傷施行不合於俗將效彭咸沈身於淵乃太息長悲哀念萬民受命而生遭遇多艱以隕其身也余雖好脩姱以鞿羈兮鞿羈以馬自喻也韁在口曰鞿革絡頭曰羈言爲人所係羈也謇朝誶而夕替誶諫也詩云誶予不顧替廢也言己雖有絶遠之智姱好之姿然以爲讒人所鞿羈而係纍矣故朝諫謇謇於君夕暮而身廢弃也既替余以蕙纕兮纕佩帶也又申之以攬茝又復也言君所以廢弃己者以余帶佩衆香行以忠正之故也然猶復重引芳茝以自結束執志彌篤也亦余心之所善兮雖九死其猶

未悔悔恨也言己履行忠信執守清白亦我心中之所美善也雖以見過支解九死終不悔恨也**怨**
靈脩之浩蕩兮靈脩謂懷王也浩猶浩浩蕩猶蕩蕩無思慮貌也**終不察夫人**
心言己所以怨恨於懷王者以其用心浩蕩驕敖放恣無有思慮終不見省察萬民善惡之心故朱紫相亂
國將傾危也**衆女嫉余之娥眉兮**衆女謂臣衆也娥眉好貌**謡諑謂余以**
善淫謡謂毁也諑音啄猶譖也淫邪也言衆女嫉妬娥眉美好之人譖而毁之謂之善淫不可信也猶衆
臣妬嫉中正言己淫邪不可任也**固時俗之工巧兮偭規矩而改錯**偭背
也圓曰規方曰矩錯置也言今時之工才知彊巧背去規矩更造方圓必不堅固敗材木也以言佞臣巧於言
語背違先聖之法以意妄造必亂政化危君國也**背繩墨以追曲兮**追隨也繩墨所以正
曲者**競周容以爲度**周合也度法也言百工不隨繩墨之直道隨從曲木屋必傾危而不可居
也以言人臣不脩仁義之道背弃忠直隨從枉佞苟合於世以求容媚以爲常法身必傾危而被刑戮**忳**

忳鬱邑余侘傺兮忳徒昆切憂貌也侘丑加切猶堂堂立貌也傺丑世切住也楚人名住曰傺吾獨窮困乎此時也言我所忳忳而憂中心鬱邑悵然住立而失志者以不能隨從時俗屈求容媚故獨爲時人所窮困也寧溘死以流亡兮溘猶奄也余不忍爲此態也言我寧奄然而死形體流亡不忍以忠正之性爲邪淫之態也鷙鳥之不羣兮鷙執也謂能執服衆鳥鷹鸇之類也以諭忠正自前代而固然言鷙鳥執志剛厲特處不羣以言忠正之士亦執分守節不隨俗人自前代固然非獨於今何方圜之能周兮夫孰異道而相安言何所有圜鑿受方枘而能合者誰有異道而相安邪言忠佞不相爲謀也屈心而抑志兮抑案也忍尤而攘詬尤過也攘除也詬耻也言己所以能屈案心志含忍罪過而不去者欲以除去耻辱誅讒佞之人如孔子誅少正卯也伏清白以死直兮固前聖之所厚言士有伏清白之志以死忠直之節者固乃前代聖王所厚哀也故武王

伐紂封比干之墓表商容之閭也悔相道之不察兮悔恨也相視也察審也延佇乎吾將反延長也佇立貌也詩云佇立以泣言己自恨視事君之道不明察當若比干伏節死義故長立而望將欲還反終己之志也迴朕車以復路兮迴旋也及行迷之未遠迷誤也言及旋我之車以反故道反迷已誤欲去之路尚未甚遠也同姓無相去之義故欲還也步余馬於蘭皐兮步徐行也澤曲曰皐馳椒丘且焉止息土高曰丘四墮曰椒言己欲還則徐徐行步我之馬於芳澤之中以觀聽懷王遂馳高丘而止息以須君命進不入以離尤兮退將復脩吾初服退去也言己誠欲遂進竭其忠誠君不肯納恐重遇禍將復去脩吾初始清絜之服製芰荷以爲衣兮製裁也芰蔆也荷扶蕖也集芙蓉以爲裳芙蓉蓮華也上曰衣下曰裳言已進不見納猶復製裁芰荷集合芙蓉以爲衣裳被服愈絜脩善益明不吾知其亦已兮苟余情其信芳高余冠之岌岌兮岌岌

高貌長余佩之陸離陸離參差衆貌也言己懷德不用復高我之冠長我之佩尊其威儀整其服飾以異於衆也芳與澤其雜糅兮芳德之臭也澤質之潤也玉堅而有澤糅雜也唯昭質其猶未虧唯獨也昭明也虧歇也言我外有芬芳之德外有玉澤之質二美雜會兼在於己而不得施用故獨保明身無有虧失而巳所謂道行則兼善天下不用則獨善其身忽反顧以遊目兮將往觀乎四荒荒遠也言己欲進忠信以輔事君而不見省故忽然反顧而去將遊目往觀四遠之外以求賢君也佩繽紛其繁飾兮繽紛盛貌芳菲菲其彌章菲菲猶勃勃也芳香貌也章明也言己雖欲之四荒猶整飾儀容佩玉繽紛而衆盛忠信勃勃而愈明不以遠故改其行人生各有所樂兮余獨好脩以爲常言萬人稟天命而生各有所樂或樂諂佞或樂貪淫我獨好脩正直以爲常行雖體解吾猶未變兮豈余心之可懲懲艾也言己好脩忠信以爲常行雖獲罪支解志猶不艾也女嬃之

嬋媛兮女嬃屈原姊也嬋媛猶牽引也申申其詈予申重也言女嬃見己施行不與衆合以見放流故來牽引數怒重詈我也曰鮌婞直以亡身兮曰女嬃詞也鮌堯臣也帝繫曰顓頊後五葉而生鮌婞音脛很也終然夭乎羽之野蚤死曰夭言堯使鮌治洪水婞很自用不順堯命乃殛之於羽山死於中野女嬃比屈原於鮌不承君意亦將遇害汝何博謇而好脩兮紛獨有此姱節女嬃數諫屈原言汝何爲獨博采往古好脩謇謇謇姱異之節不與衆同而見憎惡於世薋菉葹以盈室兮薋蒺蔾也菉王芻也葹枲耳也詩曰楚楚者薋又曰終朝采菉三者皆惡草也以喻讒佞盈滿也判獨離而不服判別貌也女嬃言衆人皆佩薋菉枲耳爲讒佞之行滿於朝廷而獲富貴汝獨服蘭蕙守忠直判然離別不與衆同故斥弃也衆不可户說兮孰云察余之中情屈原外困羣佞內被姊詈知時莫識言己心志所執不可户說人告誰當察我中情之善否世並舉而好朋兮夫何煢獨而不予

聽煢孤也詩曰哀此煢獨亍我也言時俗之人皆行佞僞相朋黨並相薦舉忠直之士孤煢特獨何肯聽用我言而納之也依前聖之節中兮節度也喟憑心而歷茲歷數也言己所言皆依前代聖王之法節其中和喟然舒憤懣之心歷前代成敗之道而作此詞者也濟沅湘以南征兮沅湘水名也就重華而陳詞重華舜名也帝繫曰瞽叟生重華是爲帝舜葬於九疑山在於沅湘之南言己依聖王法而行不容於俗故欲度沅湘之水南行就舜陳詞自説稽疑聖帝冀聞祕要以自開悟啓九辯與九歌兮啓禹子也九辯九歌禹樂也言禹平治水土以有天下啓能承志續叙其業育養品類故九州之物皆可辯數九功之德皆有次叙而可歌也左傳曰六府三事謂之九功九功之德皆可歌也謂之九歌水火金木土穀謂之六府正德利用厚生謂之三事夏康娛以自縱夏康啓子太康也娛樂也縱放也不顧難以圖後兮五子用失乎家巷圖謀也言夏太康不遵禹啓之樂而更作淫聲放縱情欲以自娛樂不顧患難不謀後葉

卒以失國兄弟五人家居閭巷失尊位也書序曰太羿康失國昆弟五人須于洛汭作五子之歌此逸篇也淫遊以佚田兮羿諸侯也田獵也又好射夫封狐封狐大狐也言羿爲諸侯荒淫遊戲以佚田獵又射殺大狐固亂流其鮮終兮鮮少也浞又貪夫厥家浞寒浞羿相也厥其也婦謂之家言羿因夏衰亂代之爲政娛樂田獵不恤人事信任寒浞使爲國相浞行媚於內施賂於外樹之詐慝而專其權勢羿田將歸使家臣逢蒙射而殺之貪取其家以爲妻也羿以亂得政身即滅亡故言鮮終也澆身被服強圉兮澆寒浞子也強圉多力也縱欲而不忍縱放也言浞取羿妻而生澆澆強梁多力縱放其情不忍其欲以殺夏后相也日康娛而自忘兮康安也厥首用夫顛隕首頭也自上下曰顛隕墮也言澆既殺夏后相安居無憂日作淫樂忘其過惡卒爲相子少康所誅其首顛隕而墮也論語曰羿善射奡盪舟俱不得其死然自此以上羿澆寒浞事皆見於左傳夏桀之常違兮乃遂焉而逢殃殃咎也言夏桀

上背於天道下逆於人理乃遂以逢殃咎爲殷湯所誅滅后辛之菹醢兮辛殷之士王紂名也藏菜曰菹肉醬曰醢殷宗用而不長言紂爲無道殺比干醢梅伯武王把黃鉞行天罰殷宗遂絕不得久長也湯禹嚴而祗敬兮嚴畏也祗敬也周論道而莫差周周家也差過也言殷湯夏禹周之文王受命之君皆畏天敬賢論議道德無有過差故能獲神人之助子孫蒙福也舉賢而授能兮脩繩墨而不陂陂傾也言三王選士不遺幽陋舉賢用能不顧左右循用先聖法度無有傾失故能綏萬國安天下也易曰無平不陂皇天無私阿兮竊愛爲私所祐爲阿覽人德焉錯輔錯置也輔佐也言皇天明神無所私阿觀萬民之中有道德之者因置以爲君使賢輔佐成其志也故桀爲無道傳與湯紂爲淫虐傳與文王夫維聖哲以茂行兮哲智也茂盛也苟得用此下土苟誠也下土謂天下也言天下之所立者獨有聖明之知盛德之行故得用事天下而爲萬人之主瞻前而顧後兮顧視也相觀人之

計極相視也計謀也極窮也言前觀禹湯之所以興顧視桀紂之所以亡足以觀察萬民忠佞之謀窮其真僞夫孰非義而可用兮孰非善而可服服服事也言人臣誰有行仁義而不可任用誰有不行信義而可服事者乎言人非義則德不立非善則行不成阽余身而危死兮阽猶危也覽余初其猶未悔言己正言危行身將危亡上觀初代伏節之士我志所樂終不悔恨不量鑿而正枘兮量度也正方也固前脩以菹醢言工不度其鑿而方正其枘則物不固而木破矣臣不量君賢愚竭其忠信則被罪過而身殆也自前代脩名之人以獲菹醢龍逢梅伯是也曾歔欷余鬱邑兮曾累也歔欷懼貌也哀朕時之不當言我累息而懼鬱邑而憂者自哀生不當舉賢之時而值菹醢之日攬茹蕙以掩涕兮茹柔耎也霑余襟之浪浪霑濡也衣皆謂之襟浪浪流貌也言自傷放在山澤心悲泣下霑濡我衣浪浪而流猶引取柔耎香草以自掩拭不以悲故失仁義也跪敷衽以陳詞兮敷布也耿

吾既得此中正耿明也言己覩禹湯文王脩德以興天下見羿澆桀紂行惡以亡中知龍逢比
干執履忠直身以葅醢乃長跪布衽俛首自省念仰訴
於天中心曉明得此中正之道情合真人神與化游故
得乘雲駕龍周歷天下以慰己情緩憂思也駟玉虬以乘鷖兮有角曰龍無角曰虬
鷖鳳皇別名也山海經曰鷖身有五采溘埃風余上征溘猶奄也埃塵也言我設往行游將
乘玉虬駕鳳車淹塵埃而上征去離時俗遠羣小也朝發軔於蒼梧兮軔支輪木也蒼梧舜
所居夕余至乎縣圃縣圃神山淮南子曰縣圃在崑崙閬之中乃維上天言己朝發帝舜之
居夕至縣圃之山受道聖王而登神明之山欲少留此靈瑣兮靈以喻君瑣門鏤也文如
連瑣楚王之省閤也日忽忽其將暮言己誠欲少留於君之省閤以須政教日又忽去時將欲
暮年歲且盡言己衰老也吾令羲和弭節兮羲和日御也弭按也望崦嵫而勿
迫崦嵫日所入之山也迫附也言我恐日暮年老道德不施欲令日御按節徐行望日所入之山且勿附

近𦂶及盛時遇賢君也路曼曼其脩遠兮脩長也吾將上下而求索言天地廣大其路曼曼遠而且長不可卒徧吾方上下左右以求索賢人與己合志者也飲余馬於咸池兮咸池日所浴也揔余轡乎扶桑揔結也扶桑日所拂木也淮南子言日出暘谷浴於咸池拂于扶桑爰始將行是謂朏明我乃往至東極之野飲馬於咸池與日俱浴以絜己身結我車轡於扶桑以留日行幸得不老延年壽折若木以拂日兮若木在崐崘西極其華照下地拂擊也聊須臾以相羊聊且也須臾相羊皆游也言己揔結日轡恐不能制年時卒過故復轉之西極折取若木以拂擊日使之還去且相羊而游以俟君命也或謂拂蔽也以若木蔽日使不得過前望舒使先驅兮望舒月御也月體光明以喻臣清白後飛廉使奔屬飛廉風伯也風爲號令以諭君命言己使清白之臣如望舒先驅求賢使風伯奉君命於後以告百姓鸞皇爲余先戒兮鸞俊鳥也皇雌鳳以喻明知之士也雷師告余以未具雷爲諸侯以與君言己使

仁知之士如鸞皇先戒百官將往適道而君怠惰坐告我嚴裝未具吾令鳳皇飛騰兮又繼之以日夜言我使鳳皇明知之士飛行天下以求同志續以日夜冀逢遇之飄風屯其相離兮回風曰飄飄風無常之風以興邪惡帥雲霓而來御雲霓惡氣以喻佞人御迎也言己使鳳皇往求同志之士欲與俱共事君反見邪惡之人相與屯聚謀欲離己又遇佞人相帥來迎欲使我變節以隨之紛總總其離合兮總總猶僔僔聚貌也班陸離其上下班亂貌也陸離分散也言己游觀天下但見俗人競爲讒佞僔僔相聚乍離乍合上下之義班然散亂而不可知也吾令帝閽開關兮帝謂天帝也閽主門者倚閶闔而望予閶闔天門也言己求賢不得疾惡讒佞將上愬天帝使閽人開關又倚天門望而距我使我不得入也時曖曖其將罷兮曖曖昏貌罷極也結幽蘭而延佇言時世昏昧無有明君周行罷極不遇賢士故結芳草而長立有還意也世溷濁而不分兮溷亂也濁貪也好蔽美

而嫉妬言時世君亂臣貪不別善惡好蔽美德而嫉妬忠信朝吾將濟於白水兮濟度也淮南子曰白水出崐崘之源飲之不死登閬風而緤馬閬風山名在崑崙上緤繫也言我見中國溷濁則欲度白水登神山屯車繫馬而留止白水絜淨閬風清明言已脩絜白之行不懈怠也忽反顧以流涕兮哀高丘之無女楚有高丘之山女以喻臣言已雖去意不能已猶復顧念楚國無有賢臣心爲之悲而流涕溘吾遊此春宮兮溘奄也春宮東方青帝舍折瓊枝以繼佩繼續也言我遊奄然至于青帝宮觀萬物始生皆出仁義復折瓊枝以續佩守行仁義志彌固也及榮華之未落兮榮華喻顏色也落墮也相下女之可貽相視也貽遺也言已旣脩行仁義思得同志願及年德盛時顏貌未老視天下賢人將持玉帛聘而遺之與俱事君也吾令豐隆乘雲兮豐隆雲師求宓妃之所在宓妃神女也以喻隱士言我令雲師豐隆乘雲周行求隱士清絜若宓妃者欲與并力也解佩纕以結言

兮纕佩帶也吾令蹇脩以爲理蹇脩伏羲氏之臣也理分理述禮意也言既見宓妃則解我佩帶之玉以結言語使古賢蹇脩而爲媒理也伏羲時淳朴故使其臣紛總總其離合兮忽緯繣其難遷緯繣乖戾也呼麥切遷徙也言蹇脩既持其佩帶通言而讒人復相聚毀敗令其意一合一離遂以乖戾而見距絶言所居深僻難遷徙也夕歸次於窮石兮次舍也再宿爲信過信爲次淮南曰弱水出于窮石入于流沙朝濯髮乎洧盤洧盤水名也禹大傳曰洧槃之水出崦嵫之山言宓妃體好清絜暮所歸舍窮石之室朝沐洧槃之水遁世隱居而不肯仕保厥美以驕傲兮倨簡曰驕侮慢曰傲日康娛以淫遊康安也言宓妃用志高遠保守美德驕傲侮慢日自娛樂以遊戲無事君之意也雖信美而無禮兮來違棄而改求違去也改更也言宓妃雖有美德驕傲無禮不可與共事君來去相棄而更求賢也覽相觀於四極兮周流乎天余乃下言我乃復往觀視四極周流求賢然後乃來下

望瑤臺之偃蹇兮偃蹇高意見有娀之佚女有娀國名也佚美也謂帝嚳之妃契母簡狄也簡狄配聖帝生賢子以喻貞賢也詩曰有娀方將帝立子生商呂氏春秋曰有娀氏有美女爲之高臺而飲食之言己望瑤臺高峻睹有娀氏美女思得與共事君也吾令鴆爲媒兮鴆惡鳥也明有毒殺人以喻讒賊鴆告余以不好言我使鴆鳥爲媒以求簡狄其性讒賊不可信用還詐告我言不好雄鳩之鳴逝兮逝往也余猶惡其佻巧言又使雄鳩銜命而往其性輕佻巧利多語而無要實復不可信也心猶豫而狐疑兮欲自適而不可適往也言己令鴆爲媒其心讒賊以善爲惡又使雄鳩多言少實故中心狐疑猶豫意欲自往禮又不可也鳳皇既受詒兮恐高辛之先我高辛帝嚳有天下號也帝繫曰高辛氏爲帝嚳次妃有娀氏女生契言己既得賢智之人若鳳皇受禮遺將恐帝嚳以先我得簡狄也欲遠集而無所止兮聊浮遊以逍遙言己既求簡狄復後高辛欲遠集他

方又無所之故且遊戲觀望以忘憂也及少康之未家兮留有虞之二姚少康夏后相之子也有虞國名也姓姚氏舜後也昔寒浞使澆殺夏后相少康逃奔有虞虞因妻以二女而邑於綸有田一成有衆一旅能布其德以收夏衆遂誅滅澆復禹舊績屈原放至遠方之外博求衆賢索宓妃則不肯見求簡狄又後高辛少康留止有虞而得二妃以成顯功也是不欲遠去貌理弱而媒拙兮拙鈍恐導言之不固言己欲效少康留而不去又恐媒人弱鈍達言於君不能堅固復使回移時溷濁而嫉賢兮好蔽美而稱惡再言時溷濁者懷襄二世不明故羣下好蔽中正之士而舉邪惡之人閨中既邃遠兮小門謂之閨邃深也哲王又不寤哲知也寤覺也言君處宮殿之中其閨邃遠忠言難通指語不達自明智之王尚不覺善惡之情高宗殺孝己是已何況不智之君而以闇蔽固其宜也懷朕情而不發兮余焉能忍與此終古言我懷忠信之情不得發用安能久與此闇亂之君終古居乎意欲復去也索瓊茅

以筳篿兮索取也瓊茅靈草也筳小破竹也楚人名結草折竹卜曰篿筳音廷篿音專命靈氛爲余占之靈氛古明占吉凶者也言己欲去則無所集欲止則又不見用憂懣不知所從乃取神草竹筳結而折之以卜去留使明知靈氛占其吉凶曰兩美其必合兮孰信脩而慕之靈氛言以忠臣而就明君兩美必合楚國誰能信明善惡脩行忠直欲相慕及者乎己宜以時去之也思九州之博大兮豈唯是其有女言我思念天下博大豈獨楚國有君臣可止乎曰勉遠逝而無疑兮孰求美而釋女何所獨無芳草兮爾何懷乎故宇爾女也懷思也宇居也言何所獨無賢芳之君何必思故居而不去也此皆靈氛之詞時幽昧以眩曜兮眩曜惑亂貌孰云察余之美惡屈原荅靈氛曰當時之君皆暗昧惑亂不知善惡誰當察我之善情而用己乎是難去之意人好惡其不同兮惟此黨人其獨異黨鄉黨謂楚國也言天下萬人之所好惡其性不同

此楚國尤獨異也户服艾以盈要兮艾白蒿也盈滿也謂幽蘭其不可佩言楚人户服白蒿滿其要帶以爲芬芳反謂幽蘭臭惡爲不可佩也以言君親愛讒佞憎遠忠直而不近也覽察草木其猶未得兮察視也豈珵美之能當珵美玉也相玉書言珵大六寸其曜自照言時人無能識臧否觀視衆草尚不能別其香臭豈當知玉之美惡乎以爲草木易別於禽獸禽獸易別於珠玉珠玉易別於忠佞知人最難蘇糞壤以充幃兮蘇取也充滿也壤土也幃謂之幐幐香囊也謂申椒其不芳言取糞土以滿香囊佩而帶之反謂申椒臭而不香言近小人而遠君子也欲從靈氛之吉占兮心猶豫而狐疑言己欲從靈氛勸去之占則心狐疑念楚國也巫咸將夕降兮巫咸古神巫也當殷中宗之世降下也懷椒糈而要之椒香物所以降神糈精美所以享神言巫咸將夕從天上下來願懷椒糈要之使筮吉凶百神翳其備降兮九疑繽其並迎翳蔽也繽

盛貌也九疑舜所葬也言巫咸得已椒糈則將百神蔽日來下舜又使九疑之神紛然近我知己之意皇
剡剡其揚靈兮皇皇天也剡剡光貌告余以吉故言皇天揚其光靈使百神
告我當去尤吉善也曰勉升降以上下兮勉強也上謂君下謂臣也求矩矱之
所同矩法也矱於縛切度也言當自勉上求明君下索賢臣與己合法度者因與同志共爲化也湯
禹儼而求合兮儼敬也合匹也摯咎繇而能調摯伊尹名湯臣也咎繇禹
臣也調和言湯禹至聖猶敬承天道求其匹合得伊尹咎繇力能調和陰陽而安天下苟中情其
好脩兮何必用夫行媒行媒諭左右之臣也言臣能中心常好善則精感神明賢君自
舉用之不必須左右薦達之說操築於傅巖兮說傅說也傅巖地名武丁用
而不疑武丁殷之高宗也言傅說抱懷道德而遇刑罰操築作於傅巖武丁思想賢者夢得聖人以其
形像使求之因得說登以爲公道用大興爲殷高宗呂望之鼓刀兮呂太公之氏姓也鼓鳴也

遭周文而得舉言太公避紂居東海之濱聞文王作興盡往歸之至於朝歌道窮困自鼓刀而屠遂西釣於渭濱文王夢得聖人於是出獵而遇之遂載以歸用爲師甯戚之謳歌兮甯戚衛人齊桓聞以該輔該備也甯戚脩德不用退而商賈宿齊東門外桓公夜出甯戚方飯牛叩角而歌桓公聞之知其賢舉用爲卿備輔佐也及年歲之未晏兮晏晚也時亦猶其未央央盡也言己所以汲汲欲輔佐君者冀及年未晏晚以成德化然年時亦未盡若三賢之遭遇也恐鵜鴂之先鳴兮鵜鴂一名買鶬常以春分鳴也鶗弟鴂桂使百草爲之不芳言我恐鵜鴂以先春分鳴使百草華英摧落芬芳不成以喻讒言先使忠直之士被罪過也何瓊佩之偃蹇兮偃蹇衆盛貌衆薆然而蔽之言我佩瓊玉懷美德偃蹇而衆人薆然而蔽之傷不得施用也惟此黨人之不亮兮信亮也恐嫉妬而折之言楚國之人不尚忠信之行恐妬我正直欲必折挫而敗也時繽紛其變易

兮又何可以淹留言時俗溷濁善惡變易不可以久留宜速去也蘭芷變而不芳兮荃蕙化而爲茅荃蕙皆香草也言蘭芷之草變其體而不復香荃蕙化而爲茅失其本性也以言君子更爲小人忠信更爲佞僞何昔日之芳草兮今直爲此蕭艾也言往昔芬芳之草今皆直爲蕭艾而已以言往日明智之士今皆佯愚豈其有他故兮莫好脩之害也言士人所以變直爲曲者以上不好用忠正之人害其善士之故余以蘭爲可恃兮蘭懷王少弟司馬子蘭也恃怙也羌無實而容長實誠也言我以子蘭能進賢達能可怙而進不意內無誠信之實但有長大之貌浮華而已委厥美以從俗兮委弃也苟得引乎衆芳言子蘭弃其美質正直之性隨從謟佞苟欲引於衆賢之位而無進賢之心也椒專佞以慢謟兮椒楚大夫子椒也謟淫也榝又欲充其佩幃榝茱萸也似椒而非以喻子椒似賢而非賢也幃盛香之囊也以喻親近言子椒爲楚大夫處蘭芷

之間而行淫慢諂諛之志又欲援引面從不賢之類皆使居親近無有憂國之心責之也既干進而務入兮干求也又何芳之能祗祗敬也言子蘭子椒苟欲求進自入於君身得爵禄而已復何能敬愛賢者而舉之乎固時俗之從流兮又孰能無變化言時世俗人隨從上化若水之流二子復以諂諛之行衆人誰有不變節而從之者乎疾之甚也覽椒蘭其若茲兮又況揭車與江離言覽子椒子蘭變節若此豈況朝廷衆臣而不爲佞媚以容其身邪惟茲佩之可貴兮委厥美而歷茲歷逢也茲此也言己内行忠正外佩衆芳此誠可貴茲不遭明君棄其至美而逢此咎也芳菲菲而難虧兮虧歇也芬至今猶未沬沬已也言己所行芬芳誠難虧歇至今猶未已也和調度以自娛兮聊浮游而求女言我雖不見用猶和調己之行度執守忠貞以自娛樂且徐浮游以求同志及余飾之方壯兮周流觀乎上下上謂君下謂臣也言我願

及年德方盛壯之時周流四方觀君臣之賢欲往就之靈氛既告余以吉占兮歷吉日乎吾將行言靈氛既告我以吉占歷善日吾將去君而遠行折瓊枝以爲羞兮羞脯也精瓊靡音糜以爲粻音張精鑿也靡屑也粻粮也言我將行乃折瓊枝以爲脯腊精鑿玉屑以爲儲粻飲食香絜異以延年也爲余駕飛龍兮雜瑤象以爲車象象牙也言我駕飛龍乘明知之獸載象玉之車文章雜錯以言德似龍玉而世俗莫識也何離心之可同兮吾將遠逝以自疏言賢愚異心何可合同知君與己殊志故將遠去自疏而流遁也邅吾道夫崑崙兮邅轉也楚人名轉爲邅路脩遠以周流言己設去楚國遠行乃轉至崑崙神明之山其路長遠周流天下以求同志揚雲霓之晻藹兮揚披也晻藹蓊鬱陰貌鳴玉鸞之啾啾鸞鸞鳥也以玉作之著於衡和著於軾啾啾鳴聲言從崑崙將遂升天披雲霓之蓊鬱排群佞之黨羣鳴玉鸞之啾啾而有節度也朝發軔

於天津兮天津東極箕斗之間漢津也夕余至乎西極言己朝發天之東津萬物
所生夕至地之西極萬物所成動順陰陽之道且亟疾也鳳皇翼其乘旂兮翼敬也旂
旗也畫龍蛇爲旂高翱翔之翼翼翼翼和貌也言己動順天道則鳳皇來隨我車敬乘旂旗
高飛翱翔翼翼而和嘉忠正懷有德也忽吾行此流沙兮流沙沙流如水也尚書曰餘波
入於流沙遵赤水而容與遵循也赤水出崑崙容與遊戲貌也言吾行忽然過此流沙遂循赤
水而游戲雖行遠方動以清潔自洒飾也麾蛟龍使梁津兮舉手曰麾小曰蛟大曰龍詔
西皇使涉予詔告也西皇帝少皞也涉渡也言我乃麾蛟龍以橋西海使少皞渡我動與神獸聖
王相接言能渡萬人之厄路脩遠以多艱兮艱難也騰衆車使徑待騰過
也言崑崙之路險阻多難非人所能由故令衆車先使從邪徑以相待也以言己所行車遠莫能及路不
周以左轉兮不周山名在崑崙山西北轉行也指西海以爲期指語也期會也

言己使語衆車我所行之道當過不周山而左行俱會西海之上也過不周者言道不合於俗也左轉者言君行左乖不與己同志也屯余車其千乘兮屯陳也齊玉軑音大而並馳軑轄也言乃屯陳我車前後千乘齊以玉爲車轄並馳左右從己者衆皆有玉德宜輔千乘之君駕八龍之婉婉兮婉婉龍貌載雲旗之委移言己駕八龍神智之獸其狀婉婉又載雲旗委移而長也駕八龍者言己德如龍可制御八方也載雲旗者言己德如雲雨能潤施抑志而弭節兮神高馳之邈邈邈邈遠貌也言己雖乘雲龍猶自抑案弭節徐行高抗志行邈邈而遠莫能逮及奏九歌而舞韶兮九歌九德之歌禹樂也九韶舜樂也尚書曰簫韶九成是也聊假日以媮樂言己德高智明宜輔舜禹以致太平奏九德之歌九韶之舞而不遇其時故假日游戲媮樂而已陟升皇之赫戲平聲兮皇皇天也赫戲光明之貌忽臨睨五計夫舊鄉睨視也舊鄉楚國也言己雖陟崑崙過不周度西海舞九韶升天庭據光曜不足以解憂猶復顧楚國愁

且思也**僕夫悲余馬懷兮**僕御也懷思也**蜷局顧而不行**蜷局詰屈不行貌也屈原設去時離俗周天匝地意不忘舊鄉望見楚國僕御悲感我馬思歸蜷局詰屈而不肯行此終志不失以辭自見以義自明也**亂曰**亂理也所以發理詞指捴撮行要也屈原舒肆憤懣極意陳詞或去或留文采紛華然後結括一言以明所趣**已矣哉國無人莫我知兮**已矣絕望之詞也無人謂無賢人也屈原言已矣者我懷德不見用以楚國無有賢人知我忠信之故也自傷之詞也**又何懷乎故都**言衆人無有知已已復何爲思故鄉念楚國也**旣莫足與爲美政兮吾將從彭咸之所居**言時世人君無道不足與共行美德善政我將自沈汨淵從彭咸而居處也

九歌四首　屈平　王逸注

序曰九歌者屈原之所作也昔楚南郢之邑其俗信鬼而好祠其祠必作樂鼓舞因

爲作九歌之曲託之以諷諫也

東皇太一

吉日兮辰良日謂甲乙辰謂寅卯也穆將愉兮上皇穆敬也愉樂也上皇謂東皇太一也言己將脩祭祀必擇吉辰之日齋戒恭敬以宴樂天神撫長劒兮玉珥撫持也珥謂劒鐔也劒者所以威不服衛有德故撫持之也璆鏘鳴兮琳琅璆琳琅皆美玉名也鏘佩聲也詩曰佩玉鏘鏘言己供神有道乃使靈巫佩持好劒以辟邪惡垂衆佩周旋而舞動鳴五玉鏘鏘五音而和且有節度瑤席兮玉瑱盍將把兮瓊芳盍何不也把持也瓊玉枝也言己脩飾清潔以瑤玉爲席美玉爲瑱靈巫何不持乎乃把玉枝以爲香蕙肴蒸兮蘭藉蕙肴以蕙草蒸肉也藉所以藉飯食也易曰藉用白茅奠桂酒兮椒漿桂酒切桂以置酒中也椒漿以椒置漿中也言己供待彌敬及以蕙蒸肴芳蘭爲藉進桂酒椒漿以備五味也揚枹兮拊鼓

拊擊也疏緩節兮安歌疏希也言膳既具不敢寧處親舉枹擊鼓使靈巫緩節而舞徐歌相和以樂神也陳竽瑟兮浩倡浩大也言已陳列竽瑟大倡作樂以自竭盡也靈偃蹇兮姣服靈謂巫也偃蹇舞貌也姣好也服飾也芳菲菲兮滿堂菲菲芳貌也言乃使姣好之巫被服盛飾舉足奮袂偃蹇而舞芬芳菲菲盈滿堂室也五音紛兮繁會五音宮商角徵羽也紛盛貌也繁衆也君欣欣兮樂康欣欣喜貌康樂也言已重作衆樂合會五音紛然盛美神以歡欣猒飽喜樂則身蒙慶祐家受多福也屈原以爲神無形聲難事易失然人竭心盡禮則歆其祀而惠降以祉自傷履行忠誠以事於君不見信任而身放逐以危殆也

雲中君

浴蘭湯兮沐芳華采衣兮若英華采五色也若杜若也言已將脩饗祭以事靈神乃先使靈巫先浴蘭湯沐香芷衣五采華衣飾以杜若之英以自絜飾靈連蜷巨員反兮既留

靈巫也楚人名巫爲靈子連蜷巫迎神道引貌也既已也留止也爛昭昭兮未央爛光貌也
昭昭明貌也未央未已也巫執事肅敬奉迎導引神顏貌矜莊形體連蜷神則歡喜安留見止見其光容爛爛然
昭明長無極已蹇將憺兮壽宮蹇詞也憺安也壽宮供神之處也祠祀皆欲得壽故名爲
壽宮也言雲神既至在於壽宮歆饗酒食憺然安樂無有去意也與日月兮齊光齊同也光
明也言雲神豐隆爵位尊高乃與日月同光明也夫雲興而日月暗雲藏而日月明故言齊光也龍駕
兮帝服龍駕言雲神駕龍帝謂五方之帝也服飾也言天尊雲神使之乘龍兼衣言青黃五采之色與
五方帝同服也聊翺游兮周章聊且也周章猶周流也言雲神居無常處動則翺翔周流往來
且游且翺也靈皇皇兮既降靈謂雲神也皇皇美貌也降下也言神來下其皇皇而美有光
文也猋遠舉兮雲中猋去疾貌雲中其所居也言雲神往來急疾飲食既飽猋然遠舉復
還其處覽冀州兮有餘覽望也兩河閒曰冀州餘猶他方也言雲神所在高邈乃望於

冀州尚復見他方也橫四海兮焉窮窮極也言雲神出入奄忽須臾之閒橫行四海安有窮極者也思夫君兮太息君謂雲神極勞心兮㤝㤝㤝㤝憂心貌也屈原見雲一動千里周徧四海想得隨從觀望四方以忘己憂思而念之終不可得故太息而歎中心煩勞而㤝㤝

湘君

君不行兮夷猶君謂湘君也夷猶猶豫也言湘君所在土地肥饒又有嶮峨故其神常安不肯游蕩既設祭祀使巫請呼之尚復猶豫蹇誰留兮中洲蹇詞也留待也中洲洲中也水中可居者爲洲言湘君蹇然難行誰留待於水中之洲乎以爲堯二女妻舜有苗不服舜往征之二女從而不反道死於沅湘之中因爲湘夫人也所留蓋謂此二女美要眇兮宜脩要眇好貌也脩飾也言二女之貌要眇而好又宜脩飾也沛普賴吾乘兮桂舟沛行貌也舟船也吾屈原自謂也言己雖在湖澤之中猶乘桂木之船沛然而行令沅湘兮無波沅湘水名使江水兮安流

言己乘船常恐危殆願君令沅湘無波涌使江順徑徐流則得安也望夫君兮歸來君謂湘君吹參差兮誰思參差洞簫也言己瞻望於君而未肯來則吹簫作樂君當復誰思念駕飛龍兮北征屈原思神略垂意念楚國駕飛龍北行還亟歸故居也邅吾道兮洞庭邅轉也洞庭太湖也言己欲乘龍而歸不敢隨從大道願轉江湖之側安委曲之徑欲急至也薜荔拍兮蕙綢薜荔香草也拍搏壁也綢縛束也詩曰綢繆束楚承荃橈兮蘭旌荃香草也橈小楫也屈原言己居家則以薜荔搏飾四壁蕙草縛屋乘舟船則以荃爲楫櫂蘭爲旌旆動以香絜自脩飾望涔陽兮極浦涔陽者江碕名也近附郢極遠也浦涯水也橫大江兮揚靈靈精誠也屈原思念楚國願乘輕舟上望江海之遠浦附郢之碕以泄憂念橫度大江揚己精誠冀能感寤懷王使還已也揚靈兮未極極巳也女嬋媛兮爲余太息女謂女須也屈原姊也嬋媛猶牽引也言己遠揚精神雖欲自竭盡終無從達故女須牽引責之數爲己太息悲毒欲使

屈原改性易行隨風俗也横流涕兮潺湲潺湲流貌也屈原感女須之言亦欲變節而意不能改內自悲傷涕泣横流隱思君兮陫符沸側君謂懷王也陫陋也言己雖見放弃隱伏山野猶從側陋之中思念君也桂櫂兮蘭枻櫂楫也枻船傍板斲冰兮積雪斲斫也言己乘船遭天盛寒舉其楫斲斫冰凍紛然如積雪言己勤苦采薜荔兮水中搴芙蓉兮木末搴手取也芙蓉荷華也生水中屈原言己執忠信之行以事於君其志不合猶入池涉水而求薜荔登山緣木而采芙蓉固不可得心不同兮媒勞言婚姻所好心意不同則媒人疲勞而無功也屈原自喻行與君異終不可合亦疲勞而已恩不甚兮輕絶言人交接初淺恩不甚篤則輕相與離絶也言己與君同姓共祖無離絶之義石瀨兮淺淺淺音牋瀨湍也淺淺流疾貌飛龍兮翩翩屈原憂愁俯視川水見石瀨淺淺疾流而下將有所至仰見飛龍翩翩而上將有所登自傷弃在草野終無所登至也交不忠兮怨長交友也忠厚也朋友相與不厚則長相怨恨也言己

執履忠貞雖獲罪過不敢怨恨於衆人**期不信兮告余以不閒**閒暇也言君常與己期欲共爲治後以讒言之故更告我以不閒暇遂以疏遠**朝騁騖兮江皋**朝以喻己盛也澤曲曰皐言己願及朝明己年盛時任重馳騁以行道德**夕弭節兮北渚**弭安也渚水涯也夕以喻衰言日將暮己已衰老弭情安意終於草野**鳥次兮屋上**次舍也過信爲次**水周兮堂下**周旋也言己所居在湖澤之中衆鳥舍止我之屋上流水周旋己之堂下自傷與鳥獸魚鼈爲伍**捐余玦兮江中**玦玉佩也先王所以命臣之瑞也故與環即還與玦即去也**遺余佩兮澧浦**遺離也佩瓊琚之屬也言己雖見放逐常思念君設欲遠去猶捐玦佩置於水涯冀君求己示有還意**采芳洲兮杜若**芳洲香草叢生水中之處**將以遺兮下女**遺與也女陰也以喻臣謂己之儔匹也言己願於芳芬絕異之洲采取杜若以與貞正之人思與同志終不更變**時不可兮再得**言日不再中年

不再盛也**聊逍遙兮容與**逍遙游戲也言天時不再至人年不再盛已既老矣不遇於時聊且逍遙而游容與而戲以待天命之至也

湘夫人

帝子降兮北渚帝子謂堯女也降下也言堯二女娥皇女英隨帝不反墮於湘水之渚因爲湘夫人**目眇眇兮愁予**眇眇好貌也予屈原自謂也堯二女儀德美好眇然絕異又配帝舜而乃没命水中屈原自傷不遭值堯而遇暗君亦將沈身湘流故曰愁我也**嫋嫋兮秋風**嫋嫋秋風摇木貌**洞庭波兮木葉下**言秋風疾則草木摇湘水波而樹葉落矣以言君政急則衆人愁而賢者傷矣**登白薠兮騁望**薠草秋生騁平也**與佳期兮夕張**佳期謂湘夫人也不敢指斥尊者故言佳也張施也言已願以始秋薠草初生埅平之時脩設祭具夕早洒掃張施帷帳與夫人期歆饗之也**鳥萃兮蘋中**萃集也**罾何爲兮木上**罾魚網也夫鳥

當集木巔而言草中罾當在水中而言木上以喻所願不得失其所也

沅有芷兮澧有蘭言沅水之中有盛茂之芷澧水之外有芬芳之蘭異於衆草以與湘夫人美好亦異於衆人

思公子兮未敢言公子謂湘夫人也重以卑説尊故變言公子也言己想若舜之遇二女二女雖死猶思其神所以不敢達言者士當須介女當須媒也

慌忽兮遠望觀流水兮潺湲言神鬼荒忽往來無形近而視之彷彿若存遠而望之但見水流潺湲也

麋何爲兮庭中麋獸名

蛟何爲兮水裔蛟龍類也言麋當在山林而在庭中蛟當在深淵而在水涯以言小人當處野而升朝廷賢者當居尊官而爲僕隸

朝馳余馬兮江皐夕濟兮西澨濟渡也澨水涯自傷驅馳不出湖澤之域

聞佳人兮召予予屈原自謂也

將騰駕兮偕逝偕俱也逝往也屈原幽居草澤思神念鬼冀湘夫人有命呼己則願騰駕而往不待侶偶也

築室兮水中葺之兮以荷蓋屈原困於世上願築室水中託附神明而居處也

荃壁兮

紫壇以荃草飾室壁累紫貝爲壇播芳椒兮成堂布香椒於堂上桂棟兮以桂木爲屋棟蘭橑以木蘭爲榱辛夷楣兮辛夷香草以作戶楣葯房葯白芷也房室也罔薜荔兮爲帷罔結也結薜荔爲帷帳擗蕙櫋兮既張擗折也以折蕙覆櫋屋白玉兮爲鎮以玉鎮坐席疏石蘭以爲芳石蘭香草疏布陳也芷葺兮荷屋葺蓋屋也繚之兮杜衡繚縛束也杜衡香草也合百草兮實庭合百草之華以實庭也建芳馨兮廡門馨香之遠聞者也積之以爲門廡也屈原生遭濁世憂愁困極意欲隨從鬼神築室水中與湘夫人比鄰而處然猶積衆芳以爲殿堂脩飾彌盛行善彌高也九嶷繽兮並迎九嶷山名舜所葬也靈之來兮如雲言舜使九嶷之山神繽然來迎二女則百神侍送衆多如雲捐余袂兮江中袂衣袖也遺余褋兮澧浦褋襜襦也屈原設託與湘夫人共鄰處舜復迎之而去窮困無所依故欲捐棄衣物裸身而行將適九夷

也搴汀洲兮杜若汀平也將以遺兮遠者遠者謂高賢隱士也言己雖欲之九夷絕域之外猶求高賢之士采平洲香草以遺之共與修道德也時不可兮驟得驟數也聊逍遙兮容與言富貴有命天時難值不可數得聊且游戲以盡年壽也

文選卷第三十二

賜進士出身通奉大夫江南蘇松常鎮太等處承宣布政使司布政使胡克家重校刊

文選卷第三十三

梁昭明太子撰

文林郎守太子右內率府録事參軍事崇賢館直學士臣李善注上

騷下

屈平九歌二首　九章一首

卜居一首　漁父一首

宋玉九辯五首　招魂一首

劉安招隱士一首

九歌二首　屈平　王逸注

少司命

秋蘭兮蘪蕪羅生兮堂下言已供神之室閑而清靜衆香之草又環其堂下羅列而生誠司命君所宜幸集也綠葉兮素華芳菲菲兮襲予襲及也予我也言芳草茂盛吐葉垂華芳香菲菲上及我也夫人自有兮美子夫人謂萬民也蓀何以兮愁苦蓀謂司命也言天下萬民人人自有子孫司命何爲主握其年命而用思愁苦秋蘭兮青青綠葉兮紫莖言已事神崇敬重種芳草莖葉五色香益暢也滿堂兮美人忽獨與余兮目成言萬民衆多美人並會盛滿於堂而司命獨與我睨而相視成爲親親也入不言兮出不辭言神往來奄忽入不語言出不訣辭其志難知也乘回風兮載雲旗言司命之去乘風載雲其形貌不可得見悲莫悲兮生別離屈原思神略畢憂愁復出乃長歎曰人居世悲哀莫痛與妻子生別離傷己當之也樂莫樂兮新相知言天下之樂莫大於男女始相知之時也屈原言己無新相知之樂而有生離之憂荷衣兮蕙帶儵而來兮忽而逝言司命被服香

淨往來奄忽難當値也夕宿兮帝郊帝謂天帝君誰須兮雲之際言司命之去暮宿於天帝之郊誰待於雲之際乎幸其有意而顧己與汝遊兮九河衝飇起兮水揚波與汝沐兮咸池咸池星名也蓋天池晞汝髮兮陽之阿晞乾也詩云匪陽不晞阿曲阿日所行也言己願託司命俱沐咸池乾髮陽阿齋戒絜己冀蒙天祐也望美人兮未來美人謂司命也臨風怳兮浩歌怳失意貌也言己思望司命而未肯來臨疾風而大歌冀神聞之而來至也孔蓋兮翠旍言司命以孔雀之翅爲車蓋翡翠之羽爲旍旗言殊飾也登九天兮撫彗星九天八方中央也言司命乃昇九天之上撫持彗星欲掃除邪惡輔仁賢也竦長劒兮擁幼艾竦執也幼少也艾長也言司命持長劒以誅絕惡擁護萬人長少使各得其命荃獨宜兮爲民正言司命執心公方無所阿私善者佑之惡者誅之故宜爲萬民之正

山鬼

若有人兮山之阿有人謂山鬼也阿曲隅也被薜荔兮帶女蘿女蘿菟絲也言山鬼彷佛若人見山之阿被薜荔之衣以菟絲爲帶也薜荔菟絲皆無根緣物而生山鬼亦奄忽無形故衣之以爲飾也既含睇兮又宜笑睇微眄也言山鬼之狀體含妙容美目眄然又好口齒而宜笑子慕予兮善窈窕子謂山鬼也窈窕好皃也詩云窈窕淑女言山鬼之皃既以姱麗亦復慕我有善行好姿是故來見其容也乘赤豹兮從文貍辛夷車兮結桂旗辛夷香草也言山鬼出入乘赤豹從神貍結桂與辛夷以爲車旗言有香絜也被石蘭兮帶杜衡石蘭杜衡皆香草也折芳馨兮遺所思所思謂清絜之士若屈原者也言山鬼脩飾衆香以崇其神屈原履行清絜以厲其身神人同好故折香馨相遺以同其志也余處幽篁兮終不見天言山鬼所處乃在幽昧之內終不見天地所以來出歸有德也或曰幽篁竹林路險難兮獨後來言所處既深其路阻險又難故來晚暮後諸神表獨立兮山之

上表特也言山鬼後到特立於山之上而自異也雲容容兮而在下杳冥冥兮羌晝晦言山鬼所在至高雲出其下雖白晝猶冥晦東風飄兮神靈雨飄風皃也詩云匪風飄兮言東風飄然而起則靈應之而雨以言陰陽相感風雨相和屈原自傷獨無和也留靈脩兮憺忘歸靈脩謂懷王也歲既晏兮孰華予晏晚也孰誰也言己宿留懷王冀其還己心中憺然安而忘歸年歲晚暮將欲疲老誰當復使我榮華也采三秀兮於山間三秀謂芝草也石磊磊兮葛蔓蔓言己欲服芝草以延年命周旋山間采而求之終不能得但見山石磊磊葛草蔓蔓或曰三秀秀才之士隱處者也言石葛者喻所在深也怨公子兮悵忘歸公子謂公子椒也言所以怨公子椒者以其知己忠信而不肯達故我悵然失志而忘歸也君思我兮不得閒言懷王時思念我顧不肯以閒暇之日召己謀議山中人兮芳杜若山中人屈原自謂也飲石泉兮蔭松柏言己雖在山中無人之處猶取杜若以爲芬芳飲石泉之水蔭松柏之木飲食居處動以香絜自脩飾君思我兮然疑作言懷王有思我時然讒言

妄作故令狐疑者也雷填填兮雨冥冥猨啾啾兮狖夜鳴風颯颯兮木蕭蕭言己在深山之中遭雷電暴雨猨號狖呴風木搖動以言恐懼失其所也或曰雷爲諸侯以興於君雲雨冥昧以興佞臣猨狖善鳴以興讒言風以喻政木以喻人雷填填者君妄怒也雨冥冥者羣佞聚也猨啾啾者讒夫弄口也風颯颯者政煩擾也木蕭蕭者民驚駭也思公子兮徒離憂言己怨子椒不見達故遂憂愁

九章一首

序曰九章者屈原之所作也屈原放江南之野故復作九章章著也明也言己所陳忠信之道甚明著也

屈平　王逸注

涉江

余幼好此奇服兮奇異也或曰奇服好服也年既老而不衰衰懈也己少好奇偉之服履忠直之行至老不懈帶長鋏之陸離兮長鋏劒名也其所握長劒楚人名曰

長鋏也冠切雲之崔巍崔巍高貌也言己內修忠信之志外帶長利之劍戴崔巍之冠其高切青雲也被明月兮佩寶璐在背曰被寶璐美玉也言己背被明月之珠要佩美玉德寶兼備行度清白世溷濁而莫余知兮溷亂也濁貪也吾方高馳而不顧言時世貪亂遭君蔽闇無有知我之賢然猶高行抗志終不回曲也駕青虬兮驂白螭言虬螭神獸宜於駕乘以喻賢人清白宜可信任也吾與重華遊兮瑤之圃重華舜名也瑤石次玉也圃園也言己想侍虞舜遊玉圃猶言遇聖帝升清朝也登崑崙兮食玉英猶言坐明堂受爵位與天地兮比壽與日月兮齊光言己年與天地相敝名與日月同曜哀南夷之莫吾知兮屈原怨毒楚俗嫉害忠貞乃曰可哀哉南夷之人無知我賢者也旦余濟兮江湘旦明也濟度也言己遭放棄以明旦時始去遂渡江湘之水言明之者紀時明刺君不明也乘鄂渚而反顧兮乘登也鄂渚地名也欸秋冬之緒

風欸歎也緒餘也言已登鄂渚高岸還望楚國嚮冏秋冬〻北風愁而長歎之中憂思也步余馬兮山皋邸余車兮方林邸舍也方林地名言我馬壯強行山皋無所驅馳我車堅牢捨於方林無所載任也以言己才德方壯誠可任用棄在山野亦無所施也乘舲船余上沅兮舲船船有窻牖者也齊吳榜以擊汰吳榜船櫂也汰水波言己始去乘窻船西上沅湘之水士卒齊舉大櫂而擊水波自傷去朝堂之上而入湖澤之中也或曰齊悲歌言愁思也船容與而不進兮淹回水而疑滯疑惑也滯留也言士衆雖同力引櫂船猶不進隨水流使己疑惑有意還之者也朝發枉渚兮枉渚地名夕宿辰陽辰陽亦地名言己乃從枉渚宿辰陽自傷去日遠也或曰枉曲也渚沚也辰時也陽明也言己將去枉曲之俗而處時明之鄉苟余心其端直兮苟誠也雖僻遠之何傷僻左也言我惟行正直之心雖在遠僻之域猶有善稱無害疾也故論語曰子欲居九夷也入漵浦余儃佪兮漵水名也迷不知吾之所

如迷惑也如之也言己思念楚國雖循水涯意猶迷惑不知所之深林杳以冥冥兮草木
茂盛乃猨狖之所居非賢士之道徑山峻高以蔽日兮言嶮巇危傾也下
幽晦以多雨言暑濕泥濘也霰雪紛其無垠兮涉氷凍之盛寒雲霏霏
而承宇室屋沈沒與天連也或曰日以喻君山以喻臣霰雪以喻殘賊雲以象佞人山峻高以蔽日者
謂臣掩君明也下幽晦以多雨者羣下專擅施恩惠也霰雪紛其無垠者殘賊之政害仁賢也雲霏霏而承宇
者佞人並進滿朝廷也哀吾生之無樂兮遭遇讒佞失官祿也幽獨處乎山
中遠離親戚而斥逐也吾不能變心而從俗兮終不易志隨枉曲也固將愁
苦而終窮愁思無聊身困極也接輿髡首兮桑扈臝行接輿楚狂接輿
也髡剔也首頭也自刑體避世不仕也桑扈隱士也去衣臝袒效夷也言屈原不容於世引比隱者以自慰
忠不必用兮賢不必以以亦用也伍子逢殃兮伍子伍子胥也爲吳王夫

差臣諫令伐越夫差不聽遂賜劒而自殺後越竟滅吴故逢殃也**比干葅醢**比干紂之諸父也紂淫惑妲己作糟丘酒池長夜之飲斮朝涉剖孕婦比干正諫紂怒妲己曰聖人之心有七孔於是乃殺比干剖其心而觀之故言葅醢也**與前世而皆然兮**謂行忠直而遇患害若比干子胥也**吾又何怨乎今之人**言自古有迷亂之君若紂夫差不用忠信滅國志身當何爲復怨今之君乎**余將董道而不豫兮**董正也豫猶豫也言己雖見先賢執忠被害猶正身直行志不猶豫而有狐疑也**固將重昏而終身**昏亂也言己不逢明君思慮交錯心將重亂以終年命

卜居一首

序曰卜居者屈原之所作也原放棄乃往太卜之家卜己居俗何所宜行

屈平　王逸注

屈原既放三年違去郢都處山林也不得復見道路僻遠所在深也竭智盡忠建造策謀披胷心也蔽鄣於讒遇諂佞也心煩意亂意憒悶也不知所從迷瞀眊也乃往見太卜鄭詹尹稽神明也鄭詹尹工師姓名也曰余有所疑意惑遑也願因先生決之斷吉凶也詹尹乃端策拂龜整儀容也曰君將何以教之願聞其要屈原曰吐詞情也吾寧悃悃款款志純一也朴以忠乎竭誠信也將送往勞來追俗人也斯無窮乎不困貧也寧誅鋤草茅刈蒿菅也以力耕乎耕稼穡也將遊大人事貴戚也以成名乎榮譽立也寧正言不諱諫君惡也以危身乎被刑戮也將從俗富貴食重祿也以媮生乎身安樂也寧超然高舉讓官爵也以保真乎守玄默也將哫訾慄斯承顏色也喔咿嚅唲強笑噱也以事婦人乎詘蜷局也寧廉絜

正直志如玉也以自清乎脩絜白也將突梯滑稽轉隨俗也如脂如韋柔弱曲也以潔楹乎順滑澤也寧昂昂志行高也若千里之駒乎才絕殊也將氾氾普愛衆也若水中之鳧乎羣戲遊也與波上下隨衆高卑偷以全吾軀乎身無憂患寧與騏驥抗軛乎沖天驅也將隨駑馬之迹乎安步徐也寧與黃鵠比翼乎飛雲隅也將與雞鶩爭食乎啄糠糟也此孰吉孰凶誰喜憂也何去何從安所由也世溷濁而不清貨賂行也蟬翼爲重近讒佞也千鈞爲輕遠忠良也黃鍾毀棄賢隱藏也瓦釜雷鳴愚讙訟也讒人高張居朝堂也賢士無名身窮困也吁嗟嘿嘿兮世莫論也誰知吾之廉貞不別賢也詹尹乃釋策而謝愚不能明曰夫尺有所短騏驥不驟中庭寸有所長雞鶴知時而鳴物有所不足地虧

東南角也智有所不明孔子厄陳蔡也數有所不逮天不可計量也神有所不通日不能夜照也用君之心所念慮也行君之意遂本操也龜策誠不能知此事不能決君之志

漁父一首

序曰漁父者屈原之所作漁父避俗時遇屈原恠而問之遂相應荅

屈平　王逸注

屈原既放身斥逐也遊於江潭戲水側也行吟澤畔履荆棘也顔色憔悴皯黴黑也皯古旱切黴力遲切形容枯槁癯瘦瘠也漁父見而問之恠屈原也曰子非三閭大夫歟謂其故官何故至於斯曷爲遭此患也屈原曰世人皆濁衆貪鄙也我獨清忠絜己也衆人皆醉惑財賄也我獨醒廉自守也是以見放棄草野也漁父曰隱士言也聖人不凝滯於物不困

辱其身也而能與世推移隨俗方圜世皆濁人貪婪也何不淈其泥同其風也而揚其波與沈浮也衆人皆醉巧佞曲也何不餔其糟從其俗也而歠其醨食其祿也何故深思高舉獨行忠直自令放爲遠在他域屈原曰吾聞之受聖制也新沐者必彈冠拂土芥也新浴者必振衣去塵穢也安能以身之察察已清絜也受物之汶汶者乎蒙垢塵也寧赴湘流自沈淵也葬於江魚腹中身消爛也安能以皓皓之白皓皓猶皎皎也蒙世俗之塵埃乎被汙點也漁父莞尒而笑笑難斷也鼓枻而去叩船舷也乃歌曰滄浪之水清兮喻世昭明可以濯我纓沐浴陞朝滄浪之水濁兮喻世昏闇可以濯我足宜隱遁也遂去不復與言合道真也

九辯五首序曰九辯者楚大夫宋玉之所作也辯者變也九者陽之數也道之綱紀也謂陳説道德以變説君也宋玉屈原弟子閔惜其師忠而放逐故作九辯以述其志也

宋玉　王逸注

悲哉秋之爲氣也寒氣聊戾歲將暮也蕭瑟兮陰令促急風疾暴猋也草木搖落華葉隕零肥潤去也而變衰形體易色枝枯槁也不遇將與草木俱衰老也自傷憭慄兮升高思念暴戾心自傷也憭憭音了若在遠行遠客出去之他方也登山臨水兮遠望視江河也送將歸族親別逝還故鄉泬寥兮泬寥曠蕩而虛靜也或曰泬寥猶蕭條無雲貌也泬音血天高而氣清秋天高朗體清明也言天照見無形傷君昏亂不聰明也寂漻兮源瀆順流漠無聲也收潦而水清溝無溢潦百川靜也言川水夏濁而秋清傷君無有清明之時也憯悽增欷兮憯痛感動歎息也薄寒之中人傷我肌膚變顏色也愴

怳懭悢兮中情愴惘意不得也去故而就新初會鉏鋙志未合也坎廩兮數遭患禍身困窮也貧士失職士失財物逢寇賊也而志不平心常憤懣意未明也廓落兮喪志失耦塊獨立也羈旅而無友生遠客寄居孤單特也惆悵兮後黨失輩惘愁毒也而私自憐竊內念己自閔傷也燕翩翩其辭歸兮將入大海飛徊翔也蟬寂寞而無聲蜩蜩斂翅而伏藏也鴈廱廱而南遊兮雄雌和樂群戲行也鶤雞啁哳而悲鳴奮翼呼而低昂也夫燕蟬遇秋寒將穴處而懷懼候鴈鶤雞喜樂而逸豫言無有候鴈鶤鷄之喜而有蟬燕之憂也獨申旦而不寐兮夜坐視瞻而終明也哀蟋蟀之宵征見蜻蛚之夜行自傷放棄與昆蟲爲雙也或曰宵月征謂七月在野八月在宇九月在戶十月蟋蟀入我牀下是其宵征行也時亹亹而過中兮年已過半日進往也亹亹進貌詩曰亹亹文王蹇淹留而無成雖久壽考無成功也

悲憂窮慼兮脩德見過愁懼惶也獨處廓孤立特止居一方也有美一人
兮位尊服好謂懷王也心不繹常念弗解內結藏也去鄉離家兮背違邑里之他鄉也
來遠客去郢南征濟沅湘也超逍遙兮遠出游逝離州域也今焉薄欲止無賢皆讒
賊也專思君兮執心壹意在胷臆也不可化同姓親聯恩義篤也君不知兮聰明
淺短志迷惑也可柰何頑嚚難啓長歎息也蓄怨兮積思結恨在心慮憤鬱也心煩
憺兮忘食事思君念主忽不食也願一見兮道余意舒寫忠誠自陳列也君
之心兮與余異方圓殊性猶白黑也車駕兮朅而歸迴逝言還欲反國也不
得見兮心悲自傷流離路隔塞也倚結軨兮太息伏車重軨而涕泣也涕潺
湲兮霑軾泣下交流霑茵席也慷慨絕兮不得中心恚恨心剝切也中瞀亂
兮迷惑思念煩惑志南北也私自憐兮何極哀祿命薄常含戚也心怦怦兮

諒直志行忠正無所告也

皇天平分四時兮何直春生而秋殺也爾雅曰四時和爲通正竊獨悲此凜秋微霜凄愴寒慄烈也白露既下降百草兮萬物羣生將被害也奄離披此梧楸痛傷茂木又芟刈也去白日之昭昭兮違離天明而湮没也襲長夜之悠悠永處冥冥而覆蔽也離芳藹之方壯兮去已盛美之光容也余委約而悲愁身體疲病而憂窮也秋既先戒以白露兮君不引德而嚴令也冬又申之以嚴霜刑罰刻峻而重深也收恢炱之孟夏兮上無仁恩以養民夫天制四時春生夏長人君則之以養萬物秋殺冬藏亦順其宜而行刑罰故君賢臣忠政合大中則品庶安寧萬物豐茂上闇下僞用法殘虐則貞良被害草木枯落故宋玉援引天時託譬草木以茂美樹興於仁賢早遇霜露懷德君子忠而被害也然坎傺而沈藏民無住足竄巖藪也楚人謂住曰傺葉菸邑而無色兮顏容變易

而蒼黒也枝煩挐而交横柯條糺錯而崱嶷也顔淫溢而將罷兮形貌羸瘦無潤澤也柯彷彿而委黄腹内空虚皮乾腊也萷櫹槮之可哀兮華葉已落莖獨立也形銷鑠而瘀傷身體燋枯被病久也惟其紛糅而將落兮蓬茸傎仆根蠹朽也恨其失時而無當不值聖主而年老也覽騑轡而下節兮安步徐馬而勿驅也聊逍遥以相羊且徐低佪以遊戲也歲忽忽而遒盡兮年歲逝往之若流也恐余壽之弗將懼我性命之不長也悼余生之不時兮傷己幼少後三王也逢此世之俇攘卒遇譖讒而遽惶也澹容與而獨倚兮煢煢獨立無朋黨也蟋蟀鳴此西堂自閔傷己與蟲並也心怵惕而震盪兮思慮惕動沸若湯也何所憂之多方内念君父及兄弟也仰明月而太息兮上告昊天愬神靈也步列星而極明周覽九天仰觀星宿不能卧寐乃至明也

竊悲夫蕙華之曾敷兮（蕙草芬芳以興在位之賢臣也）紛旖旎乎都房（被服盛飾於宮殿也旖旎盛皃也詩云旖旎其華）何曾華之無實兮（外貌若忠而心佞也）從風雨而飛颺（隨君嗜欲而回傾也夫風爲號令雨爲德惠故風動而草木搖雨降而萬物植故以風雨諭君政言德惠所由出之也）以爲君獨服此蕙兮（體受正氣而高明也）羌無以異於衆芳（乃與佞臣之同情也）閔奇思之不通兮（傷己忠策無由入也）將去君而高翔（適彼樂土之他域也）心閔憐之慘悽兮（內自哀念心惻隱也）願一見而有明（分別忠心與僞惑也）重無怨而生離兮（身無罪過而逐放也）中結軫而增傷（肝膽破裂心剖腷也普逼切）豈不鬱陶而思君兮（憤念蓄積盈胷臆也）君之門以九重（門闈扃閉道路塞也）猛犬狺狺而迎吠兮（讒佞讙呼而在側也）闗梁閉而不通（閽人承指呵問急也）皇天淫溢而秋霖

兮久雨連日澤深厚也后土何時而得乾山阜濡澤草木茂也塊獨守此無澤兮不蒙恩施獨枯槁也仰浮雲而永歎愬天語神我何咎也何時俗之工巧兮世人辯慧造詐僞也背繩墨而改錯違廢聖典背仁義也夫繩墨者工之法度也仁義者民之正路也繩墨用則曲木截仁義進則讒佞滅二者殊義不可不察也却騏驥而不乘兮斥逐子胥與比干也策駑駘而取路言任豎刁與椒蘭也當世豈無騏驥兮家有稷契與管晏也誠莫之能善御世無堯舜及桓文也見執轡者非其人兮遭值桀紂之亂昏也故駒跳而遠去被髮爲奴走橫奔也鳧鴈皆唼夫粱藻兮羣小在位食重祿也鳳愈飄翔而高舉賢者伏匿竄山谷也圜鑿而方枘兮正直邪枉行殊則也吾固知其鉏鋙而難入所務不同若粉墨也衆鳥皆有所登棲兮羣佞並進處官爵也鳳獨遑遑而無所集孔子棲棲

（而困厄也）願銜枚而無言兮（意欲括囊而靜默也）常被君之渥洽（前蒙寵遇）（錫祉福也）太公九十乃顯榮兮（呂尚耆老然後貴也）誠未遇其匹合（遭值）（文王功冠世也）謂騏驥兮安歸（躊躇吴坂遇伯樂也）謂鳳皇兮安棲（集捿梧桐食竹實也）變古易俗兮世衰（以賢爲愚時闇惑也）今之相者兮舉肥（不量才能視顔色也）騏驥伏匿而不見兮（仁賢幽處而隱藏也）鳳皇高飛而不下（智者遠逝之四方也）鳥獸猶知懷德兮（慕歸堯舜之明德也）何云賢士之不處（二老太公歸文王也）驥不驟進而求服兮（千木闔門而辭相也）鳳亦不貪餧而妄食（顔闔鑿培而逃士也）君棄遠而不察兮（介推割股而自放也）雖願忠其焉得（申生至孝而被謗也）欲寂寞而絶端兮（甯武佯愚而不言也）竊不敢志初之厚德（常受祿惠識舊恩也）獨悲愁其傷人兮（思念）

纏結摧肺肝也憑鬱鬱其何極憤懣盈胷終年歲也

招魂一首

序曰招魂者宋玉之所作也宋玉憐哀屈原厥命將落作招魂欲以復其精神延其年壽也

宋玉　王逸注

朕幼清以廉潔兮朕我也不求曰清不受曰廉不汙曰潔身服義而未沬沬已也言我少小脩清潔之行身服仁義未曾有懈已之時也沬音昧主此盛德兮牽於俗而蕪穢牽引也不治曰蕪多草曰穢言己施行常以道德爲主以忠事君以信結交爲俗人所推引德能蕪穢無所用也上無所考此盛德兮考校也長離殃而愁苦殃禍也言己履行忠信而遇闇主上則無所考校己盛德長遭殃禍愁苦而已帝告巫陽帝謂天也女曰巫陽其名也曰有人在下我欲輔之人謂賢人也則屈原也宋玉上設天意祐助貞良故曰帝告巫陽有賢人屈原在於下方我欲輔成其志以厲黎民也魂魄離散汝筮

子之魂者身之精魄者性之決也所以經緯五藏保守形體也著曰筮尚書曰決之著龜言天帝哀閔屈原魂魄離散身將顛沛使巫陽筮問求索得而與之使反其身巫陽對曰掌夢巫陽對天帝言招魂者本掌夢之官所主職也上帝其命難從言天帝難從掌夢之官欲使巫陽招之也若必筮予之恐後之謝不能復用巫陽焉謝去也巫陽言如必欲先筮問求魂魄所在然後與之恐後世怠懈必卜筮之法不能復脩用但招之可也乃下招曰巫陽受天帝之命因下招屈原之魂也魂兮來歸還歸屈原之身去君之恒幹恒常也幹體也易曰貞者事之幹也何爲兮四方些言魂靈當扶人養命何爲去君之常體而遠之四方乎夫人須魂而生魂待人而榮二者別離命則霣零也或曰去君之恒閈閈里也楚人名里曰閈也舍君之樂處而離彼不祥些舍置也祥善也言何爲舍君楚國饒樂之處陸離走不善之鄉以觸衆惡也魂兮歸來東方不可以託些託寄也論語曰可以託六尺之孤言東方之俗

其人無義不可以託寄身也長人千仞唯魂是索些七尺曰仞索求也言東方有長人國其高千仞主求人魂而食之也十日代出代更也流金鑠石些鑠銷也言東方有扶桑之木十日並在其上以次更行其勢酷烈金石堅剛皆爲銷釋彼皆習之魂往必釋些釋解也言彼十日之處自習其熱魂行到身必解爛也歸來歸來不可以託些言魂宜急來歸此誠不可託附而居魂兮歸來南方不可以止些言南方之俗其人無信不可久留也雕題黑齒雕畫也題額也得人肉而祀以其骨爲醢些醢醬也言南極之人雕畫其額齒牙盡黑常食蠃蚌得人之肉用祭先祖復以其骨爲醢醬蝮蛇蓁蓁蝮大蛇蓁蓁積聚之皃封狐千里些封狐大狐也言炎土之氣多蝮虵積聚蓁蓁爭欲齧人又有大狐徒走千里求食不可逢遇也雄虺九首往來倏忽吞人以益其心些倏忽疾急皃也言復有雄虺一身九頭往來奄忽常喜吞人魂魄以益其賊害之心也

歸來歸來不可久淫些淫遊也言其惡如此不可久遊必被害也魂兮歸來西方之害流沙千里些流沙沙流而行也言西方之地厥土不毛流沙滑滑晝夜流行從横千里又無舟航者也旋入雷淵旋轉也淵室也靡散而不可止些靡碎也言欲涉流沙則回入雷公之室運轉而行身雖靡碎尚不可得休止也幸而得脫其外曠宇些曠大也宇野也言從雷淵雖得免脫其外復有曠遠之野無人之土也赤蟻若象蟻蚍蜉也玄蠭若壺些壺乾瓠也言曠野之中有赤蟻其大如象又有大飛蜂腹大如壺皆有蠆毒能殺人五穀不生叢菅是食些柴棘爲叢菅茅也言西極之地不生五穀其人但食柴草若羣牛也其土爛人求水無所得些言西方之土温暑而熱燋爛人身肉渴欲求水無有源泉不可得也彷徉無所倚廣大無所極些倚依也言欲彷徉東西無人可依其野廣大行不可極也彷蒲忙切歸來歸來恐自遺賊些賊害也魂魄欲往者

自予賊害魂兮歸來北方不可以止些增冰峨峨飛雪千里些言北方常寒其冰重累峩峩如山凉風急疾雪隨之飛行千里乃至地也歸來歸來不可以久些言其寒殺人不可久留也魂兮歸來君無上天些天不可得上也虎豹九關啄害下人些啄齧也天門九重使神虎豹執其關閉言啄天下欲上之人而殺之一夫九首拔木九千些言有丈夫一身九頭强梁多力從朝至暮拔大木九千枚也豺狼從目往來侁侁些侁侁行聲也詩曰侁侁征夫有豺狼之獸其目皆從奔走往來其聲侁侁爭欲啗人懸人以嬉投之深淵些投擲也言豺狼得人不即啗食先懸其頭用之嬉戲疲倦已後乃擲於深淵之底而棄之致命於帝然後得瞑些瞑臥也言投人已訖上致命於天帝然後乃得眠臥也歸來歸來往恐危身些往則逢害身危殆也魂兮歸來君無下此幽都些幽都地下后土所治也地下幽冥故曰幽都土伯

九約其角觺觺些土伯后土之侯伯也約屈也觺觺角利皃言地有土伯執衛門户其身九屈有角觺觺觸害人也敦脄血拇敦厚也脄背也拇手拇指也逐人駓駓些駓駓走皃也言土伯之狀廣肩厚背逐人駓駓其走捷疾以手中血瀉汚人參目虎首其身若牛些言土伯之頭其皃如虎而有三目身又肥大狀如牛矣此皆甘人歸來歸來恐自遺災些甘美也災害也此物食人以為甘美往必自害不旋踵魂兮歸來入脩門些脩門郢城門也宋玉設呼屈原之魂歸楚都入郢門欲以感激懷王使還之也工祝招君背行先些工巧也男巫曰祝背倍也言選擇名工巧辯之巫使招呼君倍道先行在前宜隨也秦篝齊縷篝落也縷線也鄭緜絡些緜纏也絡縛也言為君魂作衣乃使秦人織其篝落齊人作綵縷鄭國之工纏而縛之堅而且好也招具該備永嘯呼些該亦備也言撰設甘美招魂之具靡不畢備故長嘯大呼以招君也夫嘯者陰也呼者陽也陰主魂陽主魄故必嘯呼以

感之也魂兮歸來反故居些反還也故古也言宜急來歸還古昔之處天地四
方多賊姦些賊害姦惡也言天有虎豹地有土伯東有長人西有赤蠎南有雄虺北有增冰皆爲
姦惡以賊害也像設君室像法也靜閒安些無聲曰靜空寬曰閒言乃爲君造設第室
法像舊廬所在之處清靜寬閒可安樂之高堂邃宇邃深也宇屋也檻層軒些檻楯也從
曰檻橫曰楯軒樓板也言所造之室其堂高顯屋宇深邃下有檻楯上有樓板形容異制且鮮明也層臺
累榭層累皆重也有木謂之臺無木謂之榭臨高山些言復作層重之臺累石之榭其顛
眇上乃臨於高山也或曰臨高山而作臺榭也網戶朱綴網戶綺文鏤也朱丹也綴緣也刻方
連些刻鏤也橫木關柱爲連言門戶之楣皆刻鏤綺文朱丹其椽雕鏤綺木使方好也冬有突
夏突複室也夏大屋也詩云於我乎夏屋渠渠也突突烏弔切夏室寒些言隆冬凍寒則有大屋複
突溫室盛夏暑熱則有洞達陰堂其內寒凉也川谷徑復流源爲川注谿爲谷徑過也復反也流

潺湲些言所居之舍激導川水經過園庭回通反覆其流急疾又絜淨也光風轉蕙光風謂雨已日出而風草木有光色轉搖也汜崇蘭些汜猶汎汎搖動皃也崇充也言天霽日明微風奮發動搖草木皆令有光充實蘭蕙使之芬芳而益暢經堂入奧西南隅謂之奧朱塵筵些朱丹也塵承塵也筵席也詩云肆筵設机言升殿過堂入房至奧處上則有朱畫承塵下則有筵簟好席可以休息也或曰朱塵筵謂承塵薄壁曼延相連接也砥室翠翹砥石名也翠鳥名也翹羽也絓曲瓊些絓懸也曲瓊玉鉤也言內臥之室以砥石爲壁平而滑澤以翠鳥之羽雕飾玉鉤以懸衣物也或曰儃室謂儃佪曲房也翡翠珠被雄曰翡雌曰翠被衾也爛齊光些齊同也言牀上之被則飾以翡翠之羽及與珠璣刻畫衆華其文爛然而同光明蒻阿拂壁蒻蒻席也阿曲隅也拂薄也羅幬儔張些羅幬屬也張施也言房內則以蒻席薄牀四壁及與曲隅施羅幬輕且涼也纂組綺縞纂組綬類也結琦璜些璜玉名也言幃帳之細皆用綺縞又以纂組結

束玉璜爲幃帳之飾室中之觀多珍恠些金玉爲珍詭異爲恠言從觀房室之中四方珍琦玩好恠物無不畢具蘭膏明燭以蘭香練膏也華容備些容貌也言日暮游宴然香蘭之膏張施明燭以觀其鐙錠雕鏤百獸華奇好備也錠都定切二八侍宿二八二列也言大夫有二列之樂左傳曰晉悼公賜魏絳女樂二八歌鍾二肆也射遞代些射猒也詩云服之無射遞更也言使好女十六侍君宴宿意有猒倦則使更相代也或曰遞代夕暮也九侯淑女淑善也多迅衆些迅疾也言復有九國諸侯好善之女多才長意用心齊疾勝於衆人也盛鬋不同制鬋鬢也制法也實滿宮些宮猶室也爾雅曰宮謂之室言九侯之女工巧妍雅裝飾兩結垂鬢下髮形皃詭異不與衆同皆來實滿充後宮也容態好比態姿也比親也順彌代些彌久也言美女衆多其貌齊同姿態好美自相親比承順上意久則相代弱顏固植固堅植志也謇其有意些謇正言貌也言美女內多廉恥弱顏易愧心志堅固不可侵犯則謇然發言中禮意者也姱

容脩態姱好皃也脩長也絙亘洞房些絙竟也房室也言復有美好之女其皃姱好多
意長智羣聚羅列竟於洞達滿房室也娥眉曼睩曼澤也睩視貌也目騰光些騰馳
也言美女之貌娥眉玉貌好目曼澤時睩睩然視精光騰馳驚感人心也靡顏膩理靡緻也膩滑也
遺視矊些遺竊視矊脉也言美女顏容脂緻身體夷滑中心矊脉時竊視安詳諦志不可動也離
榭脩幕離別也脩長也幕大帳也侍君之閒閑些閒靜也言願令美女於離宮別觀帳
幕之中侍君閒靜而宴游翡帷翠幬飾高堂些言復以翡翠之羽雕飾幬帳之高堂
以樂君也紅壁沙版紅赤貌也沙丹沙也玄玉之梁些玄黑也言堂上四壁皆堊色令
之紅白又以丹沙盡飾軒版承以黑玉之梁五采分別也仰觀刻桷畫龍蛇些言仰視屋
之榱橑皆刻畫龍蛇而有文章也坐堂伏檻檻楯也臨曲池些言坐於堂上前伏楯
下臨曲水清池可漁釣也芙蓉始發芙蓉蓮華也雜芰荷些芰蔆也秦人謂之薢茩言

池中有芙蓉始發其芰菱雜錯羅列而生俱盛茂也或曰倚荷立生特倚也薢古買切苦古后切紫莖
屏風屏風水葵也文緣波些言復有水葵生於池中其莖紫色風起水動波緣其葉而生文
也或曰紫莖言荷葉紫色也屏風謂葉鄣風也文異豹飾豹猶虎豹也侍陂陀些陂陀
長陛也言侍從之人皆衣虎豹之文異采之飾侍君堂隅衛階陛也或曰侍陂池侍從於君遊陂池之中也軒
輬既低軒輬皆輕車名也低屯也步騎羅些徒行爲步乘馬爲騎羅列也言官屬之車既已
屯止步騎士衆羅列之陳竢須君命蘭薄戶樹薄附也樹種也瓊木籬些柴落爲籬言所
造舍種樹蘭蕙附於門戶外以玉木爲其籬落守禦堅重又芬香也魂兮歸來何遠爲些
遠爲四方而不歸也室家遂宗宗衆也食多方些方道也言君九族室家以衆盛人人
曉味故飲食之和多方道也稻粢穱麥稻稌也粢稷也穱擇也擇麥中先熟者粢子夷切穱側角
切挐黃粱些挐糅也言飯則以稻糅穱擇新麥糅以黃粱和而柔濡且香滑大苦醎酸

大苦豉也辛甘行些辛謂椒薑也甘謂飴蜜也言取豉汁調和以椒薑醎酢和以飴蜜則辛甘之味皆發而行也肥牛之腱腱筋頭也臑若芳些臑若熟爛也言取肥牛之腱爛熟之則膞美也膞蘇本切臑仁珠切和酸若苦陳吳羹些言吳人工作羹和調甘酸其味若苦而後甘者也濡鼈炮羔羔羊子也有柘漿些柘藷蔗也言復以飴蜜濡鼈炮羔令之爛熟取諸蔗之汁以爲漿飲也鵠酸臇鳧臇小臛也臇子兖切煎鴻鶬些鴻鴻鴈也鶬鶬鶴也言復以酢醬烹鵠爲羹小臇臛鳧煎熬鴻鶬令之肥美也露雞臛蠵露雞露栖雞也有菜曰羹無菜曰臛蠵大龜也蠵以規切厲而不爽些厲烈也爽敗也楚人名羹敗曰爽言乃復烹露棲之肥雞臛蠵龜之肉其味清烈不敗也粔籹蜜餌有餦餭些餦餭餳也以蜜和米麪熬煎作粔籹擣黍作餌又有美餳衆味甘具也瑤漿蜜勺瑤玉也勺沾也實羽觴些實滿也羽翠羽也觴觚也言食已復有玉漿以蜜沾之滿羽觴以漱口挫糟凍飲挫捉也凍冰也酎

清涼些酎醇酒也言盛夏則爲覆蹙乾釀捉去其糟但取清醇居之冰上然後飲之酒寒清涼又長味好飲華酌既陳酌酒升也有瓊漿些言酒尊在前華酌陳列復有玉漿恣意所用者也歸來歸來反故室敬而無妨些妨害也言若魂急來歸還反所居故室子孫承事恭敬長無禍害也肴羞未通魚肉爲肴羞進也女樂羅些言肴膳已具進舉在前賓主之禮慇懃未通則女樂列堂下陳鍾按鼓按徐也造新歌些言乃奏樂作音而撞鍾徐鼓造爲新曲之歌與衆絕異涉江采菱發揚荷些楚人歌曲也言己涉彼大江南入湖池采取菱芰發揚荷葉喻屈原背去朝堂隱伏草澤失其所也美人既醉朱顏酡些朱赤也酡著也言美女飲啗醉酡則面著赤色而鮮好也娭光眇視娭戲也眇眺也目曾波些曲波華也言美人醉樂顧望娭戲身有光文眺視眄目采眇然白黑分明精若水波而重華也被文服纖文謂綺繡也纖謂羅縠也麗而不奇些麗美貌也不奇奇也猶詩云不顯顯也言美女

被服綺繡曳羅縠其容美麗誠足恠奇也長髮曼鬋曼澤也艷陸離些艷好貌也左氏傳曰宋華督見孔父之妻目逆而送之曰美而艷言美人長髮工結鬟鬋滑澤其狀艷美儀皃陸離而難形也二八齊容齊同也起鄭舞些鄭舞鄭國舞也言二八美女其儀容齊一被服同飾奮袂俱起而舞也或曰鄭重折屈而舞也衽若交竿撫案下些撫抵也言舞者便旋衣衽掉摇回轉相拘狀如交竹竿以抵案而徐行者也竽瑟狂會狂猶並也搷田鳴鼓些搷擊也言衆樂並會吹竽彈瑟又搷擊鼓以進八音爲之節也宮庭震驚發激楚些激清聲也言衆樂並會宮庭之内莫不震動驚駭復作激楚之聲以發其音也吳歈俞蔡謳吳蔡國名也歈謳皆歌也奏大呂些大呂律名也周官曰舞雲門奏大呂言乃復使吳人歌謠蔡人謳吟進雅樂奏大呂五音六律聲和調也士女雜坐亂而不分些言醉飽酣樂合尊促席男女雜坐比肩齊膝恣意調戲亂而不分別也放陳組纓組綬也班其相紛些紛亂

也言男女共坐除其威嚴放其冠纓舒陳印綬班然相亂不可整理也鄭衛妖玩來雜陳
些鄭衛國名也妖玩好女也雜厠也陳列也言鄭衛二國復遣妖玩好女來雜厠俱坐而陳列之激楚
之結激感也結頭髻也結結吉詰切獨秀先些秀異也言鄭衛妖女工於服飾其結殊形能感
楚人故秀異獨前而先進也蓖昆蔽象棊蓖玉蔽簿箸以玉飾之也或言蓖蕗今之箭囊也
有六簙些投六箸行六棊故爲六簙也言宴樂既畢乃設六簙蓖蕗作箸象牙爲棊棊妙且好也分
曹並進曹偶也遒相迫些遒亦迫也言分曹列耦並進伎巧投箸行棊轉相遒迫使不得
擇行也或曰分曹並進者謂並用射禮進之成梟而牟倍勝爲牟呼五白些五白簙齒
也言己棊已梟當成牟勝射張食棊下逃於窟故呼五白以助投者也晉制犀比晉國名也制作
也比集者也費白日些費光皃也言晉國工作簙棊箸比集犀角以爲雕飾投之皜然如日光
鏗鐘搖簴鏗撞也搖動也揳梓瑟些揳鼓也言衆賓既集簙以相樂堂下復鳴大鐘左右

歌吟鼓琴瑟揳古八切娛酒不廢娛樂也沈日夜些言雖以酒相娛樂不廢政事晝夜沈湎以忘憂也或曰娛酒不發發旦也詩曰明發不寐言歡娛日夜湛樂也又曰和樂且耽言晝夜以酒相樂也蘭膏明燭華鐙錯些言鐙錠盡雕琢錯鏤飾設以禽獸有英華結撰至思撰猶博也蘭芳假些假至也書曰假于上下言蘭芳以諭賢人君能結撰博思至心以思賢人賢人即至也人有所極同心賦些賦誦也言衆座之人各欲盡情與己同心者獨誦忠與道德酎飲既盡歡樂先故些故舊也言飲酒作樂盡已歡欣者誠欲樂我先祖及與故舊人魂兮歸來反故居些言魂神宜急來歸還楚國居舊故之處安樂無憂亂曰

獻歲發春兮獻進也汨吾南征些征行也言歲始來進春氣奮揚萬物皆感氣而生自傷放逐獨南行也菉蘋齊葉兮爾雅曰菉王芻也白芷生些言屈原放時菉蘋之草其葉適齊白芷萌牙方始欲生懷所見自傷哀也猶詩云昔我往矣楊柳依依也路貫廬江

兮左長薄貫出也盧江長薄地名也言屈原行先出盧江過歷長薄在江北時東行故言左者也
倚沼畦瀛兮沼池也畦猶區也瀛池中也楚人名澤中曰瀛遥望博遥遠也博平也言循
江而行遂入池澤其中區瀛遠望平博無人也青驪結駟兮純黑爲驪結連也四馬爲駟也齊
千乘齊同也言屈原昔與君俱獵於此官屬駕駟馬或青或黑連車千乘皆同服也懸火延起
兮玄顏蒸懸火懸鐙也玄天也言己時從君夜獵懸鐙林木之中其火延起燒於野澤煙上蒸于天使
黑色也步及驟處兮驟走也處止也誘騁先誘導也騁馳也言獵時有步行者有乘馬走驟
者有處止者分以圍獸己獨馳騁爲君先導也抑騖若通兮抑止也騖馳也若順也引車
右還還轉也言抑止馳騖者順通共護引車右轉以遮獸也與王趨夢兮課後先
夢澤中也楚名澤中爲夢中左氏傳曰楚大夫鬭伯比與鄖公之女淫而生子弃諸夢中言已與懷王俱獵趍
於夢澤之中課第羣臣先至後至也君王親發兮發射也憚青兕憚驚也言懷王是時

親自射獸驚青兕牛而不能制也言嘗侍從君田獵今乃放逐歎而自傷閔也朱明承夜兮朱明謂日也承續也時不見淹淹淹久也言歲月逝往晝夜相續年命將老不可久處當急來歸也皐蘭被徑兮皐澤也被覆也徑路也斯路漸漸沒也言澤中香草茂盛覆被徑路人無采取者水卒增溢漸沒其道將棄捐也以言賢人久處山野君不事用亦將隕顛也湛湛江水兮湛湛水貌上有楓楓木名也言湛湛江水浸潤楓木使之茂盛傷己不蒙君惠而身放棄曾不如樹木得其所也或曰水旁林木中鳥獸所聚不可居也目極千里兮傷春心言湖澤博平春時草短望見千里令人愁思而傷心也或曰蕩春心蕩滌也言春時平望遠可以滌蕩愁思之心魂兮歸來哀江南言魂魄當急來以歸江南土地僻遠山林嶮巇誠可哀傷不足處也

招隱士一首

序曰招隱士者淮南小山之所作也小山之徒閔傷屈原身雖沈没名德顯聞與隱處山澤無異故作招隱士之賦以彰其志也

劉安漢書

曰淮南王安爲人好書招致賓客數千人後伍被自詣吏具告與淮南謀反上使宗正以符節劾王未至自刑殺也

王逸注

桂樹叢生兮桂樹芬香以興屈原之忠良也山之幽遠去朝廷而隱藏也偃蹇連卷兮容皃美好德茂盛也枝相繚信義枝結條理成也以言才德高明宜輔賢君楨幹也山氣巃嵸兮峷崟嵾嵯雲嵡鬱也嵡烏孔切石嵯峨嵯峨嶻嶭峻蔽日也谿谷嶄巖兮崎嶇閜窊險阻儖也閜呼雅切窊于軌切儖苦滑切水曾波涌躍灃沸流迅疾也蝯狖羣嘯兮禽獸所居志樂佚也狖余救切虎豹嗥猛獸爭食欲相齧也以言山谷之中幽深險阻非君子之所處猿狖虎豹非賢者之偶也齧下沒切攀援桂枝兮登引山木遠望愁也聊淹留便旋中野立踟躕也王孫遊兮隱士避世在山隅也不歸違背舊土棄室家也春草生兮万物蠢動抽萌芽也萋萋垂條吐葉紛榮華也歲暮兮年齒已老壽命衰也不自聊

中心煩亂常含憂也蟪蛄鳴兮蛁蟧得夏喜呼號也啾啾秋節將至悲嘹噍也以言物盛則衰
樂極則憂不宜久隱失盛時也坱兮軋霧氣昧也山曲岪盤詰屈也心淹留兮志望
絕也洞荒忽亡妃匹也罔兮沕精氣失也憭兮慄心剥切也虎豹岤嵺穿岤也
嵺音料岤音血叢薄深林兮攢刺棘也人上慄恐戀色也嶔崟碕礒兮山皁
⿰山取嵎也碅磈磳硊崔巍嵯嵯樹輪相糾兮交錯扶踈林木茷骫枝葉盤紆
茷音跋青莎雜樹兮草木列居薠草靃髓靡隨風披敷白鹿麏麚兮
衆禽並遊或騰或倚走住殊異狀皃崟崟兮峨峨頭角甚殊凄凄兮漇
漇凄凄漇漇毛衣若濡獮猴兮熊羆百獸皆俱也慕類兮以悲哀己不遇也從
此已上皆陳山林傾危草木茂盛麏鹿所居虎兕所聚不宜育道德養情性欲屈原還歸郢也攀援桂
枝兮配託香木誓同志也聊淹留踟蹰徘徊待明時也虎豹鬬兮殘賊之獸忽急怒也

熊羆咆貪殺之獸跳梁吼也禽獸駭兮雉莬之羣驚馬奔走也亡其曹違離鄉黨失羣偶也王孫兮歸來旋反舊邑入故宇也山中兮不可以久留誠多患害難隱處也

文選卷第三十三

賜進士出身通奉大夫江南蘇松常鎮太等處承宣布政使司布政使胡克家重校刊

文選卷第三十四

梁昭明太子撰

文林郎守太子右内率府録事參軍事崇賢館直學士臣李善注上

七上

枚叔七發八首　曹子建七啓八首

七發八首

七發者說七事以起發太子也猶楚詞七諫之流

枚叔　漢書曰枚乗字叔淮陰人也爲吳王濞郎中善屬辭武帝以安車徵乗道死也

楚太子有疾而吳客往問之曰伏聞太子玉體不安亦少閒乎　言玉美之也史記新垣衍謂魯連曰觀先生之玉貌論語曰子疾病閒孔安國曰少差曰閒也

壬子重刊　鄱陽胡

太子曰憊謹謝客說文曰謝辭也客因稱曰今時天下安寧四宇和平太子方富於年凡人之幼者將來之歲尚多故曰富也意者久耽安樂日夜無極邪氣襲逆中若結轖言邪氣入內而爲逆其堅若結也管子曰邪氣襲內玉色乃衰素問岐伯曰邪氣內著絕人長命說文曰轖車籍交革也轖音色也紛屯澹淡嘘唏煩酲紛屯澹淡憒耄煩悶之貌也王逸楚辭注曰歔欷啼皃方言曰哀而不泣曰唏嘘與歔古字通唏許巽切列子曰季梁病矯氏曰病由精慮煩散也毛萇詩傳曰病酒曰酲惕惕怵怵卧不得瞑尚書曰怵惕惟厲中夜以興素問岐伯曰不得卧者是陽明之逆虛中重聽惡聞人聲素問曰何謂虛荅曰精氣奪則虛黄帝八十一問曰陰病惡聞人聲精神越渫百病咸生吕氏春秋曰精神勞則越高誘曰越散也鄭玄毛詩箋曰渫發也聰明眩曜悅怒不平王逸楚辭注曰眩曜惑亂皃也久執不廢大命乃傾太子豈

有是乎鄭玄禮記注曰廢止也毛萇詩傳曰廢猶去也毛詩曰曾是莫聽大命以傾太子曰謹謝客賴君之力時時有之然未至於是也言賴君之力天下太平故久耽安樂時有此疾也客曰今夫貴人之子必宮居而閨處內有保母外有傅父欲交無所禮記曰孔子曰古者男子外有傅父內有慈母又曰其次爲保母鄭玄曰保母安其居處者也飲食則溫淳甘膬腥醲肥厚溫淳謂凡味之厚也韓子曰夫香美膬味甘口病形厚酒肥肉曼理皓齒而損精說文曰膬腝易破也膬腥昌芮切腥肥肉也池貞切說文曰醲厚酒也女龍切衣裳則雜遝曼煖燂爍熱暑曼輕細也說文曰燂火熱也詳廉切爍亦熱也舒灼切雖有金石之堅猶將銷鑠而挺解也韓子曰雖與金石相弊兼天下未有日也高誘呂氏春秋注曰挺猶動也賈逵國語注曰鑠銷也況其在筋骨之間乎哉故曰縱耳目之欲恣支體之安者傷

血脉之和且夫出輿入輦命曰蹷痿之機呂氏春秋曰出則以車入則以輦務以自佚命曰佁蹷之機高誘曰佁至也蹷機門内之位也乘輦于宮中游翔至於蹷機故曰務以佚也枚乘引佁蹷而爲蹷痿未詳乘之謬爲好奇而改之聲類曰佁嗣理切蹷渠月切洞房清宮命曰寒熱之媒呂氏春秋曰室大多陰臺高多陽多陰則蹷多陽則痿此陰陽不適之患也高誘曰蹷逆寒疾也痿蹷不能行也皓齒娥眉命曰伐性之斧呂氏春秋曰靡曼皓齒鄭衛之音務以自樂命曰伐性之斧高誘曰靡曼細理弱肌美色也皓齒謂齒如瓠犀也鄭國淫僻以其淫僻滅亡故曰伐性之斧也甘脆肥膿命曰腐腸之藥呂氏春秋曰肥肉厚酒務以相強命曰爛腸之食高誘注老子云五味實口爽傷故謂之爛腸之食廣雅曰脆弱也清歲切膿厚之味也今太子膚色靡曼四支委隨筋骨挺解王逸楚詞注曰靡細也曼澤也隨不能屈伸也血脉淫濯手足墮窳淫濯謂過度而且大也爾雅曰淫過也又曰濯大也郭璞

方言注曰墮懈墮也應劭漢書注曰窳弱也餘乳切越女侍前齊姬奉後越絕書曰越王飾美女西施鄭巴使大夫種獻之於吳王曰越王勾踐竊有天人之遺西施鄭巴越不敢當使獻之大王吳王大悅齊姬齊女也毛詩曰豈其取妻必齊之姜如淳漢書注曰姬衆妾之摠稱也往來游醼縱恣于曲房隱間之中此甘餐毒藥戲猛獸之爪牙也所從來者至深遠淹滯永久而不廢王逸楚詞注曰淹久也雖令扁鵲治內巫咸治外尚何及哉史記曰扁鵲渤海鄭人也姓秦氏名越人得長桑君禁方視病盡見五藏韓子曰扁鵲謂晉桓侯曰君有疾在腠理猶可湯熨若在骨髓司命不能毉也桓侯初不信後病遣召扁鵲鵲逃之桓侯遂死又曰巫咸雖善祝不能自祓也賈逵國語注曰尚且也今如太子之病者獨宜世之君子博見強識禮記曰博聞強識而讓謂之君子也承閒語事變度易意楚詞曰願承閒而自察也常無離側以為羽

翼高誘注呂氏春秋曰羽翼佐也淹沈之樂浩唐之心遁佚之志其奚由至哉唐猶蕩也太子曰諾病已請事此言客曰今太子之病可無藥石針刺灸療而已可以要言妙道說而去也言可無用藥石唯可用要言也莊子瞿鵲子問長梧子曰夫子以爲孟浪之言也而我以爲妙道之行也不欲聞之乎太子曰僕願聞之客曰龍門之桐高百尺而無枝周禮曰龍門之琴瑟孔安國尚書傳曰龍門山在河東之西界魯連子曰東方有松樅高千仞而無枝也中欝結之輪菌根扶疏以分離欝結隆高之皃也說文曰扶疏四布也張晏漢書注曰輪菌委曲也上有千仞之峯下臨百丈之谿包咸論語注曰七尺曰仞湍流遡波又澹淡之遡波逆流之波也澹淡搖蕩之貌也其根半死半生冬則烈風漂霰飛雪之所激也夏

則雷霆霹靂之所感也感觸也莊子曰異鵲感周之顙也朝則鸝黃鳱鴠鳴焉爾雅曰鶬鶊黎黃高唐賦曰王雎鸝黃禮記曰仲冬曷旦不鳴鄭玄曰曷旦求旦鳥也郭璞方言注曰鳥似雞冬無毛晝夜鳴鳱與曷並音渴鳴音旦也暮則羈雌迷鳥宿焉獨鵠晨號乎其上鵾雞哀鳴翔乎其下楚辭曰鵾雞啁哳而悲鳴於是背秋涉冬使琴摯斫斬以爲琴野繭之絲以爲絃論語曰師摯之始關雎之亂洋洋乎盈耳哉鄭玄曰師摯魯太師也以其工琴謂之琴摯猶京房善易謂之易京野繭野蠶之繭也東觀漢記曰光武二年野蠶成繭被山民收爲絮孤子之鉤以爲隱九寡之珥以爲約古樂府有孤子生行賈逵國語注曰鉤帶鉤也桓子新論曰琴隱長四十五分隱以前長八分列女傳曰魯之母師九子之寡母也不幸早失夫獨與九子居蒼頡篇曰珥珠在耳也珥人志切字書曰約亦的字也都狄切的琴徽也使師堂操暢伯子牙爲之歌師堂樂師也韓

詩外傳曰孔子學鼓琴於師堂子京而不進師堂子京曰夫子可以進孔子曰丘巳得其曲未得其數也琴道曰堯暢達則兼善天下無不通暢故謂之暢列子曰伯牙善鼓琴也歌曰麥秀蔪兮雉朝飛宋玉笛賦曰麥秀蔪兮鳥華翼堁蒼曰蔪麥芒也慈歛切向虛壑兮背槁槐說文曰槀與槁古字通依絕區兮臨迴溪飛鳥聞之翕翼而不能去野獸聞之垂耳而不能行蚑蟜螻蟻聞之拄喙而不能前周書曰蚑行喙息說文曰蚑行也凡生類之行皆謂之蚑又曰蟜蟲也居兆切方言曰南楚或謂蛄爲螻爾雅曰蟻蚍蜉也拄陟羽切此亦天下之至悲也太子能強起聽之乎

太子曰僕病未能也

客曰犓牛之腴菜以筍蒲說文曰犓以芻莝養國牛也國語曰犓豢幾何犓或爲⿰牜兼未詳說文曰腴腹下肥者毛詩曰其蔌維何維筍及蒲也肥狗之和冒以山膚楚苗

之食安胡之飰禮記曰士無故不殺犬豕和謂和羹也鄭玄禮記注曰芼菜也謂以菜調和之也冒與芼古字通山膚未詳楚苗山出禾可以爲食淮南子曰苗山之鋋高誘曰苗山楚山也安胡未詳一曰安胡彫胡也宋玉諷賦曰爲臣炊彫胡之飯摶之不解一啜而散禮記曰無摶飯徒官切說文曰啜甞也穿劣切於是使伊尹煎熬易牙調和呂氏春秋曰伊尹說湯以至味又白公曰若以水投水奚若孔子曰淄澠之合者易牙甞而知之熊蹯之臑勺藥之醬左氏傳曰宰夫臑熊蹯不熟方言曰臑熟也音而韋昭上林賦注曰勺藥和齊鹹酸美味也薄耆之炙鮮鯉之鱠薄耆未詳一曰薄切獸耆之肉而以爲炙也耆今人謂之耆頭毛詩曰炰鼈膾鯉秋黃之蘇白露之茹茹菜之惣名也蘭英之酒酌以滌口漢書曰百味旨酒布蘭生晉灼曰布列芬芳若蘭之生山梁之餐豢豹之胎論語子曰山梁雌雉時哉時哉鄭玄曰孔子山行見一雌雉食其梁粟杜預左氏傳注曰豢養也音宦六韜曰武王伐紂得二

大夫而問之曰殷國將有妖乎對曰有殷君陳玉杯象箸玉杯象箸不盛菽藿之羹必將熊蹯豹胎**小飫**

大歠如湯沃雪說文曰歠飲也昌悅切沃雪言易也家語孔子曰人之棄惡如湯之灌雪焉

此亦天下之至美也太子能彊起嘗之乎太子曰僕病未能也

客曰鍾岱之牡齒至之車漢書曰趙地鍾岱石北迫近胡寇如淳曰鍾所在未聞石山險之限在上黨曲陽呂氏春秋曰代故馬郡宜馬齒至之車未詳或說曰公羊傳曰先軵謂晉侯曰君馬齒至也言以齒至馬駕車也戰國策曰驥之齒至矣服檻車而上太行也**前似飛鳥後類距虛**黃子曰駿馬有晨風黃鵠皆取鳥名馬言走疾若飛也范子曰千里馬必有距虛呂氏春秋曰距虛鼠後而兎前**穱麥服處躁中煩外**以穱麥分劑而食馬馬肥故中躁而外煩也王逸楚詞注曰稻粢穱麥挐黃粱左氏傳慶鄭謂晉侯曰今乘異產將與人易張脉僨興外彊中乾**羈堅轡附**

易路易平易也於是伯樂相其前後王良造父爲之御秦鈇樓季爲之右呂氏春秋曰古之善相馬者若趙之王良秦之伯樂尤盡其妙文子曰伯樂相之王良御之史記曰周繆王使造父爲御西巡狩秦鈇未詳韓子曰夫獵託車輿之安用六駕之足使王良佐轡則身不勞而易及輕獸今捨車輿則雖樓季之走無時及獸矣許慎淮南子注曰樓季魏文侯之弟也此兩人者馬佚能止之車覆能起之兩人秦鈇樓季也家語顏回曰東野之御善則善矣其馬將必佚也於是使射千鎰之重爭千里之逐史記曰田忌數與齊公子馳逐重射孫子見其馬足不甚相遠有上中下輩於是謂田忌曰君弟重射臣能令君勝忌然之與射千金及臨質孫子曰今以君之下駟與彼上駟取君之上駟與彼中駟取君中駟與彼下駟既馳三輩而忌一不勝而再勝卒得千金賈逵國語注曰一鎰二十四兩韓子曰王子期爲趙簡子取道爭千里之發也此亦天下之至駿也太子能彊起乘之乎太子曰僕病未能也

客曰既登景夷之臺南望荊山北望汝海左江右湖其樂無有景夷臺名也孔安國尚書傳曰荊山在荊州郭璞山海經注曰汝水出魯陽山東北入淮海汝稱海大言之也戰國策魯君曰楚王登京臺南望獵山左江右湖其樂之忘死無有天下無有於是使博辯之士原本山川極命草木趙岐孟子注曰命名也比物屬事離辭連類禮記孔子曰屬辭比事春秋教也韓子曰多言繁稱連類比物也浮游覽觀乃下置酒於虞懷之宮虞懷宮名也連廊四注鄭玄周禮注曰四阿若今四注也臺城層構紛紜玄綠輦道邪交黃池紆曲黃當爲湟湟城池也溷章白鷺孔鳥鶤鵠溷章鳥名未詳鵷鶵鵁鶄翠鬣紫纓鬣首毛也纓頸毛也螭龍德牧邕邕羣鳴螭龍德牧並鳥形未詳爾雅曰邕邕鳴聲和也陽魚騰躍奮翼振鱗曾子曰鳥魚皆生於陰而屬於陽故鳥魚皆卵生魚

遊於水鳥飛於雲 潊漻薵蓼蔓草芳苓 言水清淨之處生薵蓼二草也上林賦曰

悠遠長懷寂漻無聲潊與寂音義同也字書曰薵豬草也丈尤切豬音猪毛萇詩傳曰蓼水草也力鳥切苓古

蓮字也 女桑河柳素葉紫莖 毛詩曰猗彼女桑毛萇曰女桑荑桑也爾雅曰檉河柳郭

璞曰今河旁赤莖小楊也 苗松豫章條上造天 苗松未詳一曰苗山之松豫章木名也孔

安國尚書傳曰造至也 梧桐并閭極望成林 張揖上林賦注曰并閭椶也 衆芳

芬鬱亂於五風 遁甲開山圖曰女媧沒大庭氏之王有天下五風異色也 從容猗

靡消息陽陰 消滅也息生也林木茂盛隨風披靡故或陽或陰也文子曰與陰俱閉與陽佚開消

息或爲須臾也 列坐縱酒蕩樂娛心景春佐酒杜連理音 孟子景春

曰公孫衍張儀豈不誠大丈夫哉孟子曰是焉得爲大丈夫劉熙曰景春孟子時人爲縱橫之術者史記曰上

召子弟佐酒如淳漢書注曰今樂家五日一習樂爲理樂杜連未詳也 滋味雜陳肴糅錯

該王逸楚詞注曰該備也練色娛目流聲悅耳埤蒼曰練擇也爾雅曰流擇也於
是乃發激楚之結風揚鄭衛之皓樂文穎上林賦注曰激衝激急風也結
風回風亦急風也楚地風氣既漂疾然歌樂者猶復依
激結之急風爲節其樂促迅哀切也淮南子曰揚鄭衛
之皓樂此齊民所以淫泆流湎也許慎曰鄭衛
新聲所出國也皓樂善倡也皓下或有齒字誤使先施
徵舒陽文段干吴娃閭娵傅予之徒皆美女也先施即西施也戰國策魯仲
連謂孟嘗君曰君後宮十妃皆衣縞紵食粱肉豈毛廧
先施哉徵舒段于傅予皆未詳一曰左氏傳曰楚莊王
欲納夏姬申公巫臣曰不可今納夏姬貪其色也史記
曰夏姬徵舒母也淮南子曰不待脂粉西施陽文也許
慎曰陽文楚之好人也吴娃已見上文孫卿子曰閭娵
子奢莫之媒韋昭漢書注曰閭娵梁王魏嬰之美人
雜裾垂髾目窕心與司馬彪子虛賦注曰髾燕尾也窕
當爲挑史記曰目挑心招張晏漢
書注曰挑嬈
也髾所交切揄流波雜杜若言引流波以自潔雜杜若
以爲芳杜若見下注說文曰

揄引也蒙清塵被蘭澤列子曰穆王爲中天之臺鄭衛之處子施芳澤雜芷若以滿之神女賦曰沐蘭澤含若芳嬿服而御尚書大傳曰古者后夫人至于房中釋朝服襲嬿服入御于君也此亦天下之靡麗皓侈廣博之樂也太子能彊起游乎太子曰僕病未能也

客曰將爲太子馴騏驥之馬駕飛軨之輿乘牡駿之乘廣雅曰馴擾也說文曰騏馬驪文如綦也尚書大傳曰未命爲士車不得有飛軨鄭玄曰如今窻車也力廷切右夏服之勁箭左烏號之彫弓夏服巳見子虛賦服卽今步义也烏號巳見子虛賦又古考史曰柘樹枝長而勁烏集之將飛柘起彈烏烏乃號呼此枝爲弓快而有力因名也游涉乎雲林周馳乎蘭澤弭節乎江潯雲林雲夢之林楚詞曰羲和弭節兮字林曰潯水涯也掩青蘋游清風方言曰奄息也呂氏春秋曰崑崙之蘋也張揖子虛賦注曰青

蘋似莎而大陶陽氣蕩春心薛君韓詩章句曰陶暢也陽氣春也神農本草曰春夏爲陽楚詞曰目極千里傷春心王逸曰蕩春心蕩滌也逐狡獸集輕禽言射而矢集於輕禽也左氏傳曰楚君親集矢於其目闞子曰矢集于彭城之東並以所止爲集也於是極犬馬之才困野獸之足窮相御之智巧文子曰無相御之勞而致千里也恐虎豹慴鷙鳥爾雅曰慴恐也逐馬鳴鑣魚跨麋角逐馬馳逐之馬鳴鑣鑾鳴於鑣也魚跨跨度魚也麋角執麋之角也履游麕兎蹈踐麖鹿汗流沫墜寃伏陵窘陵猶促也説文曰窘迫也無創而死者固足充後乘矣此校獵之至壯也太子能彊起游乎李奇漢書注曰以五校兵出獵太子曰僕病未能也然陽氣見於眉宇之間侵淫而上幾滿大宅周書曰民有五氣喜氣內蓄雖欲隱之陽喜必見大宅未詳

客見太子有悅色遂推而進之曰冥火薄天兵車雷運鄭玄詩箋曰冥夜也廣雅曰薄至也王逸楚詞注曰運轉也音旋旍旗偃蹇羽毛肅紛馳騁角逐慕味爭先徼墨廣博觀望之有圻墨燒田也言逐獸於燒田廣博之所而觀望之有圻堮也墨或爲壥也說文曰圻地圻堮也魚斤切純粹全犧獻之公門尚書父師曰乃攘竊神祇之犧全牲孔安國曰色純曰牲體完曰全應劭漢書注曰粹淳也毛詩曰獻豜于公太子曰善願復聞之

客曰未既孔安國尚書傳曰既盡也於是榛林深澤煙雲闇莫兕虎並作莫闇貌也說文曰莫日且冥也毅武孔猛袒裼身薄左氏傳曰致果爲毅毛萇詩傳曰孔甚也毛詩曰襢裼暴虎毛萇曰袒裼肉袒也孔安國尚書傳曰薄迫也白刃磑磑矛戟交錯莊子孔子曰白刃交前視死若生者烈士之勇也六韜書刀銘曰刀刺磑磑牛哀切收

獲掌功賞賜金帛鄭玄周禮注曰掌主也掩蘋肆若爲牧人席張揖上林賦注曰掩覆也毛萇詩傳曰肆陳也旨酒嘉肴羞炰膾炙以御賓客毛詩曰旨酒思柔又曰嘉肴脾臄又曰炰鱉鮮魚鄭玄曰炰火熟之漢書東方朔曰生肉爲膾毛詩曰以御賓客也涌觸並起動心驚耳誠必不悔決絕以諾言游獵歡宴忠誠爲之必不有悔事之決絕但以一諾不俟再三貞信之色形于金石毛詩序曰貞信之教興家語孔子曰夫鍾鼓之音憂而擊之則悲喜而擊之則樂故志誠感之通于金石而況人乎哉高歌陳唱萬歲無斁孔安國尚書傳曰斁厭也此真太子之所喜也能強起而游乎太子曰僕甚願從直恐爲諸大夫累耳然而有起色矣

客曰將以八月之望孔安國尚書傳曰十五日日月相望與諸侯遠方交

游兄弟並往觀濤乎廣陵之曲江漢書廣陵國屬吳也至則未見濤之形也徒觀水力之所到則卹然足以駭矣卹然驚恐貌觀其所駕軼者所擢拔者所揚汩者所温汾者所滌汔者小雅曰駕陵也杜預左氏傳注曰軼突也蒼頡篇曰擢抽也孔安國尚書傳曰汩亂也古沒切温汾轉之貌也爾雅曰戲汔也郭璞曰謂摩近汔許乞切雖有心略辭給固未能縷形其所由然也略智也縷辭縷也怳兮忽兮聊兮慄兮混汩汩兮老子曰怳兮忽兮其中有物聊慄恐懼之貌忽兮慌兮俶兮儻兮廣雅曰俶儻卓異也浩瀇瀁兮慌曠曠兮秉意乎南山通望乎東海爾雅曰秉執也虹洞兮蒼天極慮乎崖涘虹洞相連貌也莊子曰出於厓涘毛萇詩傳曰涘涯也虹胡洞切流攬無窮歸神日母言周流觀覽而窮然後歸神至日所出也春秋內事云日者陽

德之母汩乘流而下降兮或不知其所止方言曰汩疾皃也爲畢切或

紛紜其流折兮忽繆往而不來言衆浪紛紛紜其流曲折或錯繆俱往而不迴流

臨朱汜而遠逝兮中虛煩而益怠朱汜蓋地名未詳莫離散而

發曙兮内存心而自持莫離散謂精神不離散也發曙發久至曙也說文曰曙旦明也

於是澡槩胷中灑練五藏毛萇詩傳曰溉滌也槩與溉同練猶汰也莊子曰愁

其五藏也澹瀲手足頮濯髮齒瀲澹猶洗滌也瀲湖敢切說文頮洗面也頮呼潰切揄

棄恬怠輸寫淟濁方言曰輸脫也王逸楚詞注曰淟垢濁也勑顯切分決狐疑

發皇耳目楚詞曰心猶豫以狐疑謚法曰明者曰皇也風賦曰發明耳目當是之時

雖有淹病滯疾猶將伸傴起躄發瞽披聾而觀望

之也廣雅曰傴曲也郁禹切淮南子曰遺躄者屨然躄跛不能行也必亦切況直眇小煩

濍醒醲病酒之徒哉故曰發蒙解惑不足以言也素問黃帝曰發蒙解惑未足以論也太子曰善然則濤何氣哉客曰不記也然聞於師曰似神而非者三疾雷聞百里言聲似疾雷而聞百里一也江水逆流海水上潮言能令二水逆流上潮二也山出內雲日夜不止山內雲而日夜不止三也衍溢漂疾波涌而濤起小雅曰衍散也說文曰漂浮也其始起也洪淋淋焉若白鷺之下翔說文曰淋山下水也淋或爲汧聲類曰汧漂也口怜切其少進也浩浩溰溰如素車白馬帷蓋之張浩浩深廣之貌也溰溰高白之貌也帷或爲幃音韋幃帳也其波涌而雲亂擾擾焉如三軍之騰裝高唐賦曰奔揚踊而相擊雲興聲之霈霈雲亂也許慎淮南子注曰裝束也其旁作而奔起也飄飄焉如輕車之勒

兵六駕蛟龍附從太白以蛟龍若馬而駕之其數六也淮南子曰昔馮遲太白之御六雲霓游微霧鶩忽荒許慎曰馮遲太白河伯也純馳浩蜺前後駱驛賈逵國語注曰純專也浩蜺即素蜺也波濤之勢若素蜺而馳言其長也顒顒卬卬椐椐彊彊莘莘將將顒顒卬卬波高貌也椐椐彊彊相隨之貌椐據於切彊渠章切莘莘多貌也將將高貌也莘所巾切莘或爲莘壁壘重堅沓雜似軍行太公陰符曰并我勇力重堅壁壘應劭漢書注曰沓合也行戶剛切協韻也訇隱匈磕軋盤涌裔原不可當軋坱無垠貌也盤謂盤礡廣大貌涌裔行貌也觀其兩傍則滂渤怫鬱闇漠感突上擊下律有似勇壯之卒律當爲硉硉虜骨切突怒而無畏蹈壁衝津窮曲隨隈踰岸出追說文曰隈水曲也上林賦曰觸穹石激堆碕郭璞曰沙堆也都迴切追亦堆字今爲追古字假借之也遇者死當者壞初發乎或圍之津涯荄軫谷

分或圜蓋地名也言涯如轉而谷似裂也一曰涯如草轉也方言曰荄根也謂草之根也一本無荄字許慎淮南子注曰軫轉也迴翔青篾銜枚檀柏青篾檀柏蓋並地名也迴翔水復流也銜枚水無聲也周禮曰銜枚氏鄭玄曰止言語囂讙也枚大如箸橫銜之也弭節伍子之山通厲胥母之場弭節已見上文史記曰吳王殺子胥投之于江吳人立祠於江上因名胥母山王逸楚辭注曰高厲遠行也越絕書曰闔閭旦食䱉山晝游於胥母疑胥母字之誤也凌赤岸篲扶桑橫奔似雷行赤岸蓋地名也曹子建表曰南至赤岸山謙之南徐州記曰京江禹貢北江春秋分朔輙有大濤至江乘北激赤岸尤更迅猛然並以赤岸在廣陵而此文勢似在遠方非廣陵也說文曰篲埽竹也山海經曰湯谷上有扶木扶木者扶桑也十日所浴之地誠奮厥武如振如怒毛詩曰王奮厥武如震如怒毛萇曰震猶威也沌沌渾渾狀如奔馬沌沌渾渾波相隨之貌也孫子兵法曰渾渾沌沌形圓而不可敗也越絕書曰王捐子胥於大江口勇士之執乃有遺鄙發憤馳騰

氣若奔馬沌徒本切渾胡本切混混庉庉聲如雷鼓混混沌沌波浪之聲也越絶書越王勾踐曰浩浩之水聲音若雷霆庉徒本切發怒庢沓清升踰跇言初發怒礙止而涌沸少選之頃清者上升遞相踰跇也說文曰庢礙止也庢竹栗切庢或爲底古字也杜預左氏傳曰底平也埤蒼曰沓釜沸出也徒苔切如淳漢書注曰跇超踰也侯波奮振合戰於藉藉之口楚辭曰陵陽侯之氾濫兮王逸曰陽侯大波也藉藉蓋地名也鳥不及飛魚不及迴獸不及走高唐賦曰飛鳥未及起走獸未及發紛紛翼翼波涌雲亂廣雅曰紛紛衆也毛萇詩傳曰翼翼壯健貌也蕩取南山背擊北岸覆虧丘陵平夷西畔言水之勢既蕩南山又擊北岸丘陵爲之顛覆然後平夷西畔險險戲戲崩壞陂池決勝乃罷合戰決勝而後乃罷瀄汩潺湲披揚流灑瀄泌瀄波相擊也汩奮汩水流疾也字書曰潺湲流貌也橫暴之極魚鼈失勢顛倒偃側沋沋

湲湲蒲伏連延沇沇湲湲魚鱉顛倒之貌也蒲伏即匍匐也連延相續貌沇禹牛切神物恠疑不可勝言直使人踣焉洄闇悽愴焉郭璞爾雅曰踣覆也薄北切洄與回同也此天下恠異詭觀也太子能強起觀之乎太子曰僕病未能也

客曰將爲太子奏方術之士有資略者孔安國論語注曰方道也晉灼漢書注曰資材量也若莊周魏牟楊朱墨翟便蜎詹何之倫呂氏春秋中山公子牟謂詹何身在江海之上心居魏闕之下高誘曰子牟魏公子也詹子古得道者也淮南子曰雖有鈎鍼芳餌加以詹何蜎蠉之數猶不能與罔罟爭得也高誘曰蜎蠉白公時人宋玉集曰宋玉與登徒子偕受釣於玄淵七略曰蜎子名淵楚人也然三文雖殊其一人也使之論天下之釋微理萬物之是非家語曰卜商好論精微時人無以尚也孫卿子曰是是非非謂之智也孔老

覽觀孟子持籌而筭之萬不失一漢書張良曰臣借前箸以籌之音義曰以籌度之也直流切史記蒯通曰以此參之萬不失一老或爲左也此亦天下要言妙道也太子豈欲聞之乎於是太子據几而起曰渙乎若一聽聖人辯士之言涊然汗出霍然病已涊汗貌也莊子曰泚然汗出涊乃顯切霍疾貌也

七啓八首并序

曹子建

昔枚乘作七發傅毅作七激張衡作七辯崔駰作七依辭各美麗余有慕之焉遂作七啓并命王粲作焉

玄微子隱居大荒之庭玄微幽玄精微也山海經曰大荒之中有山名曰大荒之山日月所入是謂大荒之野中也飛遯離俗澄神定靈九師道訓曰遯而能飛吉孰大焉淮南子

曰單豹背世離俗巖居谷飲也輕禄傲貴與物無營莊子曰夫輕爵禄人者之所託材司
馬彪曰材身也蔡邕釋誨曰安貧樂賤與世無營也耽虛好靜羨此永生列子曰莫如靜
莫如虛靜也虛也得其居獨馳思於天雲之際無物象而能傾舞賦曰獨
馳思乎杳冥左氏傳韓簡曰物生而後有象於是鏡機子聞而將往說焉鏡機
鏡照機微也駕超野之駟乘追風之輿超野追風言疾也經迥漠出
幽墟入乎泱漭之野遂屆乎微子之所居子虛賦曰過乎泱漭之野
其居也左激水右高岑子虛賦曰其西則激水推移爾雅曰山小而高曰岑也背
洞溪對芳林冠皮弁被文裘儀禮曰皮弁服素積鄭玄曰皮弁者白鹿皮爲冠象
上古也文裘文狐之裘也出山岫之潛穴倚峻崖而嬉遊爾雅曰山有穴爲岫志
飄飄焉嶢嶢焉似若狹六合而隘九州山海經曰地之所載六合之間

也若將飛而未逝若舉翼而中留於是鏡機子攀葛藟而登距巖而立毛詩曰南有樛木葛藟纍之孔安國尚書傳曰距至也順風而稱曰莊子曰黃帝聞廣成子在崆峒之上故往見之黃帝順風膝行而進予聞君子不遯俗而遺名智士不背世而滅勳周易曰遯世無悶幽通賦曰保身遺名民之表兮鄭玄毛詩箋曰遺忘也又礼記注曰名令聞也背世已見上注今吾子棄道藝之華遺仁義之英耗精神乎虛廓廢人事之紀經韓子曰精神日耗蒼頡篇曰耗消也史記太史公曰春秋上明三王之道下辨人事之經紀耗呼到切譬若畫形於無象造響於無聲言像因形生響隨聲發今欲無聲而造響圖像而無形豈有得哉孫卿子曰下之和上譬響之應聲影之像形楊雄解難曰譬若畫者放於無形絃者放於無聲也未之思乎何所規之不通也論語子曰未之思也玄微子俯而應之曰譆有是

言乎鄭玄禮記注曰譆悲恨之聲也譆與嘻古字通也譆欣碁切夫太極之初渾沌未分萬物紛錯與道俱隆漢書曰太極元氣分三爲一言元氣初爲一後爲天地人也春秋説題辭曰元清氣以爲天渾沌無形體宋均曰言元氣之初如此也渾沌未分也言氣在易爲元在老爲道義不殊也蓋有形必朽有跡必窮列子曰形必終也芒芒元氣誰知其終春秋命厤序曰元氣正則天地八卦孳也名穢我身位累我躬莊子曰行名失己非士也又魏文侯曰夫魏真爲我累耳竊慕古人之所志仰老莊之遺風思玄賦曰慕古人之貞節毛詩序曰有堯之遺風如淳漢書注曰遺餘也假靈龜以託喻寧掉尾於塗中莊子曰楚王使大夫往聘莊子莊子曰吾聞楚有神龜死已三千歲矣王巾笥而藏之於廟堂之上此龜者寧其死爲留骨而貴乎寧其生而曳尾塗中乎二大夫曰寧生曳尾塗中莊子曰往矣吾將曳尾於塗中也

鏡機子曰：夫辯言之豔，能使窮澤生流，枯木發榮，庶感靈而激神，況近在乎人情。僕將爲吾子說游觀之至娛，演聲色之妖靡，羽獵賦曰遊觀侈靡小雅曰演廣也尚書仲虺曰惟王不迩聲色列子隰朋曰妖靡盈庭忠良蒲朝也論變化之至妙，敷道德之弘麗，願聞之乎？

玄微子曰：吾子整身倦世，倦世倦於人間之世也探隱拯沈，小雅曰探取也難蜀父老曰拯民於沈溺說文曰出溺爲拯不遠遐路，幸見光臨，將敬滌耳以聽玉音。尚書大傳曰天下諸侯受命於周莫不玉音金聲

鏡機子曰：芳菰精粺，霜蓄露葵，張揖上林賦注曰彫菰米也宋玉諷賦曰主人之女爲臣炊彫胡之飯說文曰稗禾別也稗與粺古字通薄懈切毛詩曰我行其野言采其蓫鄭玄曰蓫牛頹蓫與蓄音義通也宋玉諷賦曰爲臣煮露葵之羹玄熊素膚，肥豢膿肌，鄭玄

周禮注曰犬豕曰豢膿肥皃也女龍切蟬翼之割剖纖析微蟬翼言薄也楚詞曰蟬翼爲重也累如疊縠離若散雪輕隨風飛刃不轉切山鷄斥鷃珠翠之珍鶏已見南都賦莊子曰鵬摶扶搖而上斥鴳笑之曰彼奚適也許慎淮南子注曰鷃雀飛不過一尺言劣弱也斥與尺古字通珠翠珠柱也南方異物記曰採珠人以珠肉作鮓也寒芳苓之巢龜膾西海之飛鱗寒今胵肉也鹽鐵論曰煎魚切肝羊淹雞寒劉熙釋名曰韓雞本出韓國所爲寒與韓同史記曰有神龜在江南嘉林中常巢於芳蓮之上苓與蓮同西海飛鱗即文鰩也山海經曰泰器之山濩水出焉是多鰩魚常行西海而游於東海夜飛而行臛江東之潛鼉臇漢南之鳴鶉說文曰臛肉羹也著頡解詁曰臇少汁臛也子兖切糅以芳酸甘和旣醇鄭玄禮記注曰糅雜也醇已見上注玄冥適鹹蓐收調辛禮記曰北方其神玄冥北方水也尚書曰水曰潤下潤下作鹹禮記曰西方其神蓐收西方金也尚書曰金曰從革從革作辛

紫蘭丹椒，施和必節。禮斗威儀曰：君乘金而王，其政平，則蘭常生。鄭玄曰：主給調和也。張衡七辨曰：芳以薑椒，拂以木蘭。滋味既殊，遺芳射越。上林賦曰：衆香發越。郭璞曰：香氣射散也。乃有春清縹酒，康狄所營。毛詩曰：爲此春酒。鄭玄禮記注曰：清酒，今之中山冬釀，接夏而成也。縹，綠色而微白也。博物志曰：杜康作酒。戰國策曰：梁王請爲魯君舉觴，魯君曰：昔帝女儀狄作酒而美，進之於禹，禹飲而甘之，遂疏儀狄，乃絕旨酒。應化則變，感氣而成。淮南子曰：物類之相應，故東風至而酒汎溢。高誘曰：東風，風木，風也。木味酸，入酒，故酢而汎者，沸。蓋非類相感也。春秋說題辭曰：黍爲酒，陽援陰乃能動，故以麥黍爲酒。宋衷曰：麥陰也，先漬麴，黍後入，故曰陽援陰，相得而沸，是其動也。彈徵則苦發，叩宮則甘生。禮記曰：季夏之月，其音徵，其味苦。又曰：中央土，其音宮，其味甘。於是盛以翠樽，酌以彫觴，浮蟻鼎沸，酷烈馨香。釋名曰：酒有汎齊，浮蟻在上，汎汎然。漢書曰：田延年謂霍光曰：今羣臣鼎沸。上林賦曰：酷烈淑郁也。可以和神可以娱腸（神人之精爽也）此肴饌之妙也子能從我而食之乎玄微子曰予甘藜藿未暇此食也（韓子曰糲粮之飯藜藿之羹也）鏡機子曰步光之劒華藻繁縟（越絶書曰孔子從弟子七十人往奏勾踐乃身被賜夷之甲帶步光之劒藻文采也說文曰縟繁采飾也）飾以文犀彫以翠緑（國語曰奉文犀之渠）綴以驪龍之珠錯以荆山之玉（莊子曰千金之珠在九重之淵而驪龍頷下韓子曰楚人和氏得璞玉於楚山之中也）陸斷犀象未足稱儁隨波截鴻水不漸刃（聖主得賢臣頌曰巧冶鑄干將之璞陸剸犀革戰國策蘇素說韓王曰韓卒之劒陸斷牛馬水擊鴻鴈廣雅曰漸漬也）九旒之冕散耀垂文（劉梁七舉曰九旒之冕散耀垂文周禮曰弁師掌王之五冕諸侯繅九就鄭玄曰就成也每繅九成則九旒也應劭漢官儀曰冕公侯九旒者也）華組之纓從風紛紜（禮記曰玄冠丹組纓諸侯之齊冠說文曰組綬屬也小者

以爲冠纓又曰纓冠系也佩則結緑懸黎寶之妙微戰國策應侯謂秦王曰梁有懸
黎宋有結緑而爲天下名器也符采照爛流景揚煇劉淵林蜀都賦注曰符采玉之横文
也說文曰景光也黼黻之服紗縠之裳孔安國尚書傳曰諸侯自龍袞而下至黼黻漢
書曰江充衣紗縠單衣也金華之舄動趾遺光言以金華飾舄故動足而有餘光也
劉欣期交州記曰金華出珠崖如淳漢書注曰遺餘也緐飾叅差微鮮若霜緄佩
綢繆或彫或錯說文曰緄織成帶也古本切薰以幽若流芳肆布說文
曰薰火煙上出也若杜若也若稱幽若猶蘭曰幽蘭也擬古詩曰屢見流芳歇毛萇詩傳曰肆陳也雍容閑步周旋
馳燿聖主得賢臣頌曰雍容垂拱左氏傳晉公子謂楚子曰晉楚治兵若不獲命則與君周旋也南
威爲之解顏西施爲之巧笑戰國策曰晉文公得南威三日不聽朝遂推而遠之
曰後世必有以色亡其國者列子曰列子師老商氏五年之後夫子始一解顏而笑西施已見上文毛詩曰巧

笑倩兮此容飾之妙也子能從我而服之乎玄微子曰予好毛褐未暇此服也鄭玄毛詩箋曰褐毛布也鏡機子曰馳騁足用蕩思游獵可以娛情子虛賦曰終日馳騁曾不下輿又曰游獵之地饒樂若此者乎歸田賦曰聊以娛情僕將爲吾子駕雲龍之飛駟飾玉路之繁纓馬有龍稱而雲從龍故曰雲龍也周禮曰凡馬八尺已上爲龍又曰玉路錫樊纓鄭玄曰樊讀如鞶鞶謂今之馬大帶也纓今馬鞅繁與鞶古字通垂宛虹之長緌抗招搖之華旍楚詞曰建雄虹之綵旄禮記曰天子殺則下大綏鄭玄曰綏當爲緌緌有虞氏之旌旗也禮記曰招搖在上急繕其怒鄭玄曰繕讀爲勁畫招搖星於其上以起居堅勁軍之威怒也揵忘歸之矢秉繁弱之弓儀禮曰司射搢三挾一箇鄭玄曰搢插也楚甲切新序曰楚王載繁弱之弓忘歸之矢以射隨兕於夢也忽躡景而輕騖逸奔驥而超遺風

景日景也躡之言疾也呂氏春秋伊尹說湯曰青龍之匹遺風之乘高誘曰皆馬名也疾若比遺風於是
磎塡谷塞榛藪平夷緣山罝罠彌野張罘鄭玄周禮注曰彌遍也
下無滿跡上無逸飛鳥集獸屯然後會圍廣雅曰屯聚也獠
徒雲布武騎霧散說文曰獠獵也韓子曰雲布風動羽獵賦曰武騎聿皇封禪書曰雲布霧
散丹旗燿野戈殳晧旰南都賦曰曜野暎雲曳文狐揜狡兎禮斗威儀
曰其君乘土而王南海輸以文狐史記李斯曰牽黃犬逐狡兎方言曰掩覆也捎鷫鷞拂振鷺
鷫鷞振鷺皆鳥之名當軌見藉值足遇踐西京賦曰當足見蹍值輪被轢也飛軒
電逝獸隨輪轉孫該琵琶賦曰飄風電逝舒疾無力翼不暇張足不及騰
西京賦曰鳥不暇舉獸不得發動觸飛鋒舉挂輕罾西都賓曰鳥驚觸絲獸駭
值鋒罾亦罔也班固漢書序曰鷹隼未擊罾弋不施於蹊隧也搜林索險探薄窮阻廣雅

曰草藂生曰薄騰山赴壑風厲猋舉古詩曰涼風率已厲楚辭曰猋遠舉兮雲中王

逸注云猋去疾貌說文曰猋火華也機不虛發中必飲羽孔安國尚書傳曰機弩牙也子

虛賦曰弓不虛發中必決眥呂氏春秋曰養由基射兕中石矢飲羽高誘曰飲羽飲矢至羽也於是人

稠網密地逼勢脅哮闞之獸張牙奮鬣毛詩曰進厥虎臣闞如虓

虎毛萇曰虓闞虎怒也哮與虓同也志在觸突猛氣不慴慴已見上文乃使北

宮東郭之疇孟子曰北宮黝之養勇也不膚撓不目逃思以一毫挫於人若撻於市朝趙

岐曰北宮姓黝名也呂氏春秋曰齊有好勇者一人居東郭一人居西郭卒然相遇於塗曰姑相飲乎觴數行

曰姑求肉乎一人曰子肉也我肉也因抽刀而相啖也生抽豹尾分裂貙肩爾雅曰貙

似貍形不抗手骨不隱拳小雅曰抗禦也服虔漢書注曰隱築也於瑾切批熊碎

掌拉虎摧斑掌熊蹯也孟子曰熊掌亦我所欲也斑虎文也上林賦曰被斑文野無毛

類林無羽群積獸如陵飛翮成雲羽獵賦曰創淫輪夷丘累陵聚於是駴鍾鳴鼓收旌弛旆周禮曰鼓皆駴鄭玄曰雷擊鼓曰駭駴古駭字杜預左氏傳注曰弛解也頓綱縱網罷獠回邁頓猶捨也說文曰縱緩也駿騄齊驤揚鑾飛沫南都賦曰騤騄齊鑣舞賦曰龍驤橫舉揚鑣飛沫也俯倚金較仰撫翠蓋東京賦曰戴翠冒倚金較說文曰較車上曲鉤高唐賦曰蜺為旌翠爲蓋雍容暇豫娛志方外國語優施曰我教汝暇豫之事君韋昭曰暇閑也豫樂也杜預左氏傳注曰方法也此羽獵之妙也子能從我而觀之乎高唐賦曰傳言羽獵玄微子曰予樂恬靜未暇此觀也

鏡機子曰閑宮顯敞雲屋晧旰李充高安館銘曰增臺顯敞雲屋言高若雲也班婕妤自傷賦曰仰視兮雲屋雙涕下兮橫流崇景山之高基迎清風而立觀

基若景山言極高也毛萇詩傳曰崇立也毛詩曰陟彼景山地理書曰迎風觀在鄴也彤軒紫柱
文欀華梁劉梁七舉曰丹墀縹壁紫柱紅梁也綺井含葩金墀玉箱金墀猶金
戺也西京賦曰金戺玉階玉箱猶玉房也温房則冬服絺綌清室則中夏含
霜劉騊駼玄根頌曰前殿冬絺李尤函谷關賦曰盛夏臨漂而含霜也華閣緣雲飛陛陵
虛魯靈光殿賦曰飛陛揭孽緣雲上征頫眺流星仰觀八隅魯靈光殿賦曰中坐垂景
頫視流星頫音俯升龍攀而不逮眇天際而高居崔駰七依曰升龍於天者雲也西京
賦曰翔鶤仰而不逮周易曰豐其屋天際翔也繁巧神恠變名異形班輸無所
措其斧斤離婁爲之失睛鄭玄禮記注曰公輸若匠師也般若之族多技巧者也孟
子曰離婁之明趙岐曰古之明目者也蓋黃帝時人麗草交植殊品詭類綠葉朱
榮熙天曜日熙光也素水盈沼叢木成林楚辭曰含素水而蒙深飛

翺凌高鱗甲隱深於是逍遥暇豫忽若忘歸楚辭曰觀者憺兮忘歸也乃使任子垂釣魏氏發機莊子曰任子爲大鉤巨緇五十犗以爲餌蹲會稽投竿東海旦而釣朞年不得魚已而大魚食之牽巨鉤陷没而下騖揚而奮鬐白波若山吳越春秋曰越王欲伐吳范蠡進善射者陳音越王問其射所起焉音曰黃帝作弓以備四方後有楚狐父以其道傳羿羿傳逄蒙蒙傳楚琴氏琴氏傳大魏大魏傳楚三侯麋侯翼侯魏侯也芳餌沈水輕繳弋飛吳越春秋大夫種曰深川之魚死於芳餌落翳雲之翔鳥援九淵之靈龜賈誼弔屈原曰襲九淵之神龍然後采菱華擢水蘋子虛賦曰外發芙蓉菱華許慎淮南子注曰擢引也毛萇詩傳曰蘋大萍弄珠蜯戲鮫人楊雄蜀都賦曰蜯含珠而擘裂劉淵林吳都賦注曰鮫人水底居也諷漢廣之所詠覿游女於水濱韓詩序曰漢廣悅人也詩曰漢有游女不可求思薛君曰游女謂漢神也燿神景於中沚被輕縠之纖羅毛詩曰宛在水中沚

子虛賦曰雜纖羅也遺芳烈而靖歩抗皓手而清歌廣雅曰抗舉也歌曰望雲際兮有好仇天路長兮往無由楚辭曰君誰須兮雲之際毛詩曰君子好仇枚乘樂府曰美人在雲端天路隔無期佩蘭蕙兮為誰脩宴婉絕兮我心愁楚辭曰紉秋蘭為佩王逸注曰脩飾也毛詩曰燕婉之求毛萇曰燕安也婉順也鄭玄曰本求燕婉之人也此宮館之妙也子能從我而居之乎玄微子曰子耽巖穴未暇此居也巖穴隱者所居黃石公記曰主聘巖穴事乃得實也鏡機子曰既游觀中原逍遥閑宮情放志蕩淫樂未終亦將有才人妙妓遺世越俗漢書曰傳昭儀少為才人韋昭曰才使人也廣雅曰遺離也揚北里之流聲紹陽阿之妙曲史記曰紂使師涓作新淫之聲北里之舞靡靡之樂淮南子曰夫歌采菱發陽阿鄭人聽之不若延靈以和尔乃御文軒臨洞

庭文畫飾也軒殿檻也洞庭廣庭也尸子曰文軒無四寸之鍵則車不行莊子曰黃帝張咸池之樂於洞庭也新語曰高臺百仞文軒彫窗也琴瑟交揮左篪右笙廣雅曰揮動也毛萇詩傳曰竹篪曰鍾鼓俱振簫管齊鳴廣雅曰振動也毛詩曰簫管備舉然後姣人乃被文縠之華袿振輕綺之飄飄毛詩曰佼人僚兮劉熙釋名曰婦人上服謂之袿戴金搖之熠燿揚翠羽之雙翹宋玉諷賦曰主人之女垂珠步搖來排臣戶西京雜記曰趙飛鷰爲皇后其弟上遺黃金步搖毛萇詩傳曰熠燿鮮明也司馬彪續漢書曰皇太后入廟先爲花勝上爲鳳凰以翡翠爲毛羽王逸楚辭注曰翹羽名也揮流芳燿飛文韓康伯周易注曰揮散也歷盤鼓煥繽紛張衡舞賦曰般鼓煥以駢羅長裾隨風悲歌入雲列子曰薛談學謳於秦青辭歸青餞於郊撫節悲歌響遏行雲也蹻捷若飛蹈虛遠蹠廣雅曰蹻趫行也今爲蹻古字無定也廣雅曰蹠履也凌躍超驤蜿蟺揮霍楚辭曰超

驤推阿西京賦曰跳丸劍之揮霍也翔尒鴻翥濈然鳧沒爾雅曰翥舉也濈疾貌也濈側
立切縱輕體以迅赴景追形而不逮西京賦曰紛縱體而迅赴不逮言疾也韓
子曰形影相應而生飛聲激塵依違厲響七略曰漢興善歌者魯人虞公發聲動梁
上塵依違猶徘徊也楚辭曰余思舊鄉心依違才捷若神形難爲象舞賦曰彷佛神動文
曰不可爲象也於是爲歡未渫白日西頹東都賦曰士怒未渫方言曰渫歇也楚辭
曰日杳杳以西頹散樂變飾微步中閨玄眉弛兮鉛華落收亂
髮兮拂蘭澤鉛華已見洛神賦蘭澤已見上文也形媠服兮揚幽若說文曰媠
南楚之外謂好也媠湯火切紅顏宜笑睇眄流光楚辭曰既含睇兮又宜笑王逸曰睇
微眄貌時與吾子攜手同行毛詩曰惠而好我攜手同行也踐飛除即閑
房司馬彪上林賦注曰除樓陛也華燭爛幄幙張秦嘉贈婦詩曰飄飄帷帳熒熒華燭左氏

傳曰子產以幄幙行動朱脣發清商舞賦曰動朱脣神女賦曰朱脣的其若丹宋玉笛賦曰吟清商追流徵也揚羅袂振華裳九秋之夕爲歡未央九秋之夕言其長也古樂府有歷九秋妾薄相行蘇武詩曰懽樂殊未央此聲色之妙也子能從我而游之乎玄微子曰予願清虛未暇此遊也

鏡機子曰予聞君子樂奮節以顯義烈士甘危軀以成仁張衡應問曰貫高以端辭顯義論語子曰志士仁人有殺身以成仁是以雄俊之徒交黨結倫重氣輕命感分遺身西京賦曰輕死重氣結黨連群分分義也鄭玄禮記注曰遺士也故田光伏劒於北燕公叔畢命於西秦史記燕太子丹謂田光曰丹所言者國大事也願先生勿泄也光曰諾退見荊軻曰吾聞長者爲行不使人疑己今太子疑光非節俠也欲自殺以激荊卿遂自剄公叔未詳果毅輕斷虎步谷風左氏傳曰殺敵

爲果致果爲毅李陵詩曰幸託不肖軀且當猛虎步春秋元命苞曰猛虎嘯而谷風起類相動也威慴萬乘華夏稱雄漢書曰天子畿方千里出兵車萬乘故稱萬乘之主尚書曰華夏蠻貊也辭未及終而玄微子曰善

鏡機子曰此乃游俠之徒耳未足稱妙也若夫田文無忌之儔乃上古之俊公子也田文孟嘗也無忌信陵也皆飛仁揚義騰躍道藝游心無方抗志雲際莊子曰乘物以游心又曰應物無方晉灼漢書注曰方常也楚辭曰放志游乎雲中也凌轢諸侯驅馳當世呂氏春秋曰凌轢諸侯說文曰轢車所踐也揮袂則九野生風慷慨則氣成虹蜺說文曰揮奮也淮南子曰所謂一者上通九天下貫九野劉邵趙郡賦曰呴氣成虹蜺揮袖起風塵文與此同未詳其本也吾子若當此之時能從我而友之乎玄微子曰子亮願焉

尔雅曰亮信也然芳於大道有累如何

鏡機子曰世有聖宰翼帝霸世謂魏太祖孔安國尚書傳曰翼輔也同量乾坤等曜日月乾坤天地也張超尼父頌曰合量乾坤參曜日月也玄化參神與靈合契蔡邕陳留太守頌曰玄化洽矣黔首用寧漢書伍被說淮南王曰今陛下令雖未出化馳如神劇秦美新曰與天剖靈符地合神契惠澤播於黎苗威靈震乎無外國語曰少昊之衰九黎亂德韋昭曰九黎黎民九人尚書帝曰禹惟時有苗不率汝徂征孔安國曰三苗之民數干王誅崔駰七依曰仁臻於行葦惠及乎黎苗四子講德論曰威靈外覆公羊傳曰王者無外也超隆平於殷周踵羲皇而齊泰東都賦曰即土之中有周成隆平之制焉東京賦曰踵二皇之遐武薛綜曰踵繼也顯朝惟清王道遐均民望如草我澤如春班固漢書文紀述曰我德如風民應如草古長歌行曰陽春布德澤萬物生光輝也河濱無洗耳

之士喬岳無巢居之民洗耳許由也琴操曰堯大許由之志禪爲天子由以其不善乃臨河而洗耳毛詩曰隮山喬岳也巢居巢父也皇甫謐逸士傳曰巢父者堯時隱人常山居以樹爲巢而寢其上時人號曰巢父也是以俊乂來仕觀國之光尚書曰俊乂在官國語曰秦后來仕韋昭曰仕於晉也周易曰觀國之光利用賓于王擧不遺才進各異方左氏傳曰楚子囊曰晉君擧不失選又曰不遺德刑杜預曰遺失也讚典禮於辟雍講文德於明堂左氏傳曰隨武子曰典禮不易尚書曰帝乃誕敷文德毛詩曰矢其文德洽此四國正流俗之華說綜孔氏之舊章流俗已見上華說已見文賦舊章已見東都主人王肅周易注曰綜理事也左氏傳曰舊章不可忘也散樂移風國富民康解嘲曰散以禮樂風以詩書禮記曰樂行移風易俗天下皆寧春秋說題辭曰盡精竭思國富民康也神應休臻屢獲嘉祥尚書曰休徵東京賦曰總集瑞命備致嘉祥也故甘靈紛而晨降景星宵而

舒光禮斗威儀曰其君乘土而王其政太平時則甘靈降鶡冠子曰聖人其德上及泰清下及泰寧景星光潤史記曰天精明時有赤方氣與青方氣相連赤方中有兩黃星青方中有一黃星凡三星合爲景星其狀無常出於有道之國也觀游龍於神淵聆鳴鳳於高岡禮斗威儀曰其君乘水而王龜龍被文而見神女賦曰婉若游龍周易曰潛龍勿用又曰或躍在淵樂汁圖徵曰五音克諧各得其倫則鳳皇至廣雅曰聆聽也毛詩曰鳳皇鳴矣此霸道之至隆而雍熙之盛際漢書宣帝曰漢家自有制度本霸王道雜之東京賦曰上下共其雍熙然主上猶以沈恩之未廣懼聲教之未厲漢書司馬相如難蜀父老曰湛恩汪濊尚書曰朔南暨聲教廣雅曰厲高也采英奇於仄陋宣皇明於巖穴邊讓章華臺賦曰舉英奇於側陋尚書曰明明揚側陋東都賦曰散皇明以燭幽巖穴巳見上文此甯子商歌之秋而呂望所以投綸而逝也淮南子曰甯戚商歌車下而桓公慨然而悟秋猶時也史記朱亥謂魏公子曰

此是劾命之秋也尚書中候曰王至磻溪之水呂尚釣崖下趨拜尚立變名曰望毛詩曰之子于釣言綸之繩鄭玄曰以繩爲之綸吾子爲太和之民不欲仕陶唐之世乎法言曰或問太和曰其在唐虞成周也李軌曰天下太和也孔安國尚書傳曰陶唐帝堯氏也於是玄微子攘袂而興曰韡哉言乎近者吾子所述華淫欲以厲我祗攪予心杜預左氏傳注曰勸勵也毛詩曰胡逝我梁祗攪我心至聞天下穆清明君莅國史記曰漢興已來受命於穆清蔡邕釋誨曰生穆清之世稟淳和之靈毛萇詩傳曰莅臨也覽盈虛之正義知頑素之迷惑周易曰損益盈虛與時偕行薛君韓詩章句曰素質也言人但有質朴無治人之材也今予廓爾身輕若飛劉梁七舉曰先生昭然神悟霍爾體輕願反初服從子而歸楚詞曰進不入以離尤退將復修吾初服公羊傳楚莊王謂司馬子反曰吾亦從子而歸

文選卷第三十四

賜進士出身通奉大夫江南蘇松常鎮太等處承宣布政使司布政使胡克家重校刊

傳古樓景印